「っん…」

　見ていられなくて背中に接吻け、その白い膚を吸い上げる。片手に絡めた芯は淫らに蜜を垂らし続け、擦り上げると卑猥に濡れた音を立てた。

黄金《きん》の皇《こう》帝《てい》と白銀《しろがね》の皇《こう》妃《ひ》の純《じゅん》愛《あい》

深《み》月《つき》ハルカ

ILLUSTRATION：笠《かさ》井《い》あゆみ

黄金の皇帝と白銀の皇妃の純愛

LYNX ROMANCE

CONTENTS

黄金の皇帝と
白銀の皇妃の純愛

帝国の首都は、国土を見下ろす二百メートルの断崖の上にあった。白亜の絶壁にはいくつもの空挺《くうてい》ゲートがあり、その頂上に、尖塔《せんとう》が密集した白銀の宮殿が聳《そび》えている。

国の名はメフ・ルダード。

光の恵み《メフ・ルダード》の名にふさわしく、帝国は地上最大の国家として、周辺十四国の頂点に立っていた。そして皇帝の座に登りつめる者の身体《からだ》には、光り輝く「御《ソフ》徴《レフ》」が現れる。

皇位継承権第二位のニルファ・アル・ムスタークと、同じく継承権第三位の皇子であるイシュク・ザッラードには、それぞれ美しい〝御徴〟があった。

ハーフェズ帝政歴三十年、四月——。

宮殿は華やかなざわめきに満ちていた。ハーフェズ帝の一人娘、アーファーリン皇女の十五歳の誕生日を祝う、祝儀が催されているからだ。

白銀に輝く宮殿は、数千の尖塔が競うように天に向かって聳えている。大広間の内側は、まるで繊細なレースのように、細い柱が曲線を描きながら組み合わさっている、丸いドーム状だった。

大広間の入り口からは、玉座に向かって両端に金の装飾があしらわれた重厚な緋《ひ》色の絨毯《じゅうたん》が真っすぐに伸びていて、その両脇には、貴族たちが居並んでいる。

衣擦《きぬず》れ、貴族たちの笑いさざめく声…弦楽の音が、三十メートルを超える天井に響く。入り口では次々と到着する貴族たちの名が告げられていた。

「ニルファ殿下、ご到着」

優雅な扇をひらめかせて談笑していた淑女たちが、皇子の到着を聞いて一斉に口をつぐみ、入り口のほうへ目をやる。緋色の絨毯の先端に人影が現れると、場は厳粛な静けさを保った。

「……」

　毛足の長い絨毯に、白銀のブーツのつま先が沈み込む。

　背中の中ほどまである白銀《しろがね》の髪。優美でありながら隙《すき》のない端正な顔立ち。細身の体軀《たいく》は、純白の優美なロングジャケットと、脚に沿うシルエットのパンツ、白銀のロングブーツに包まれている。肩章から幾重にも垂れた飾り紐《ひも》は、皇族にだけ許されるもので、房が長いほど身分が高いとされる。

「ニルファ様よ」

「素敵ねえ」

　皇帝と皇女のいる玉座に向かう間、ニルファはずっと絨毯の両脇にいる貴族たちから見られている。注目されるのは慣れているが、数十メートルを進む間、通り過ぎるたびに女性たちのひそやかな溜息《ためいき》に囲まれなければならない。それが賛辞だとはわかっているが、ニルファは喜べなかった。騒がれるのが好きではないのだ。

　ニルファの長い銀髪がふわりと風に揺れ、ちらりと耳元が露《あら》わになる。すると淑女たちの溜息に、興奮が加わった。

「御徴《みしるし》が見えたわ…」

　ひとりが見えたと騒ぐと、次々と貴族たちが人垣の間から窺《うかが》うようにしてニルファを見ようとするのだ。まるで、それを目にしたらご利益があるとでもいわんばかりの視線がうるさい。

　ニルファは美しい眉を顰《ひそ》めた。すると、女性たちははっと目を見開く。

「おやめなさいよ、はしたない」

「あら、貴女《あなた》だって…」

「し…」

　誰かが咎《とが》め、黄色い声をあげていた淑女たちも、ニルファの機嫌を損ねては大変だと、慌てて口をつぐんだ。

女性たちは静かになったが、政治的な影響力を推し量ろうとする地方領主や貴族たちの、声を殺した囁《ささや》きはまだあった。

　こそこそと、何故《なぜ》ニルファ様のほうが先なのだ…とか、イシュク殿下はまだか…という声が聞こえる。ニルファはそれを、くだらないと心の中で思う。

　貴族たちは、ニルファとイシュク、ふたりの皇子のどちらにつくかで常に揺れ動いている。それが自分たちの権力に繋《つな》がるからだ。ニルファを推す者はイシュクが台頭してくるのを嫌がるし、イシュク派はニルファが何をしても面白くない顔をする。

　特に、ニルファの容姿が貴族の子女たちを惹《ひ》き付けることが、反対派にとっては気に食わないらしい。

　ニルファはやや細面で、色は抜けるように白い。つややかに色づいた唇も、青灰《せいかい》色の瞳も、密度の濃い睫毛《まつげ》も、全てが整いすぎて女性をたじろがせるほどの美貌だが、冷静な眼差《まなざ》しと、あまり表情を出さない沈着さのせいで、ひ弱な印象にはならない。

　ニルファは玉座の階段の前まで来て、すっと左手を胸に当て、優雅に片足を引いた。

「皇女殿下には、つつがなくご成人の日をお迎えになられたこと、お慶《よろこ》び申し上げます」

「ニルファ様！　来てくださったのね！」

　嬉《うれ》しそうに玉座の隣から駆け下りた皇女に、侍女たちが慌てて駆け寄って、その長いドレスの裾を持とうとする。

「これ、落ち着かんか、アーファアーリン。そなたは今日で、大人の仲間入りをしたのじゃぞ」

「だって…」

　皇帝の言葉に口ごもりながらも、アーファアーリンは栗《くり》色の瞳を瞬《しばた》かせ、同じ色の長い巻き毛を揺らして首に抱き付いてくる。ニルファは礼儀上、振りほどいたりはしなかったが、冷静に皇女をたしなめた。

「殿下。公式の席では皇女としての振舞いを弁《わきま》えるべきです」

それでもアーファーリンは諦めがつかないように、眉をハの字にして見上げてくる。この皇女は、父帝の溺愛《できあい》のせいか生母を失っているせいなのか、同じ年の貴族の娘たちより、ずっと考えや行動が幼い。

――資質に劣るというわけではないのだが……。

皇女としての嗜《たしな》みは身につけている。だが、私情を抑えるということができないらしい。ニルファはそれ以上皇女を刺激しないように、すっと身を引いて距離を取った。

タイミングよく次の来賓が到着し、入り口の衛兵が高らかに到着を告げている。

「イシュク殿下、ご到着」

列席している人々が一斉にそちらのほうを振り向いている。ニルファは、自分への注目が減るのを喜び、落ち着かない様子になった貴族たちを内心で笑った。

――私よりあとというのが、それほど気になるか。

宮廷における序列は、権力そのものだ。

特に、こうした席では身分の低い者から先に列席する。そして、一番最後に到着するのは、「これ以上高い身分は皇帝以外にない」という証《あかし》となる。イシュクがそう意識しているわけではないと思うが、彼が最後の登場となったことで、支持派も否定派も穏やかになれないのだろう。

周囲の注目をよそに、イシュクは淡々と歩いてくる。淑女たちの感嘆はニルファの時に劣らない。

それは当然だろうと、ニルファも思う。イシュクの容姿は、自分の評価とはベクトルが違う。逞《たくま》しさと、いっそ官能的といっていい雄の色気を漂わせた、鋼のように強い美しさなのだ。

武人らしい筋骨。引き締まった体軀。鋭く整ったシャープな顔立ち。すっとした鼻梁《びりょう》。唇はやや肉感的で、右目は黒い眼帯に覆われている。片目だけの金色の瞳は覇気のある魅力を湛《たた》えていて、黒髪によく映えていた。

　イシュクは皇籍にあるが、空軍に所属している。上背があるので、黒地に銀の軍服がよく似合うとニルファは思う。

　襟章と胸元、袖口が銀糸の刺繍《ししゅう》で飾られ、ロングブーツは黒革だ。将校だけがまとう、銀鼠《ぎんねず》色のマントが歩くたびになびいている。

　同じ〝御徴〟持ちでありながら、イシュクは自分のように、その徴《しるし》を探られたりはしない。彼の徴は黒い眼帯の下に隠されていて、誰もが隻眼の理由を知っているから、今さら探さないのだ。

　イシュクは玉座の前まで来てニルファをちらりと見、唇の端で笑むと、皇女へ向きを変えて恭しく頭を垂れた。

　低く響く声で祝賀を述べる。

「本日は皇女殿下のご成人、おめでとうございます」

「……」

　アーファーリンは、ニルファの身体に隠れるように、警戒気味にイシュクを見たきり、礼も言わない。

　ニルファも、アーファーリンが彼を嫌っているのを知っているので、敢《あ》えてその身体を押し出そうとはしなかった。

　イシュクも、意味深ににやりと笑みを投げたが、それ以上は近寄らず、皇帝だけが上機嫌だ。

「イシュク、遅かったではないか。また宮廷嫌いが復活したかと案じたぞ」

「申し訳ございません、陛下。軍の出動があったもので、遅くなりました」

　すっと立ち上がると、皇帝が手招きする。

「さあ、ふたりとも余の後ろに並び立つがよい」

「は…」

　命じられるままに、ニルファもイシュクも玉座の

右後ろ、左後ろに立った。奉祝の挨拶《あいさつ》が一通り終わったとみなされ、皇帝の合図で、ひときわ高く楽が奏でられる。

「皆でアーファーリンの成人を祝ってくれ」

拍手と祝辞の歓声があがり、曲は舞踏にふさわしいものに切り変わった。給仕たちが来賓客の間を縫うように盆を持ってまわり、あちらこちらでグラスを重ねる音が鳴る。

「アーファーリン、踊っておいで」

父に促されると、アーファーリンが後ろを振り向く。明らかに自分を見ているとわかるのだが、ニルファは真顔で見返した。

作り笑いが苦手だ。心が動かないのに、無理に愛想を振りまくことができないので、冷たい印象になってしまう。自分でもわかっているので、なるべく言い方だけはやさしくしようと思っているのだが、あまりできている気はしない。

「ニルファ様、誘ってはくださらないの？」

「私はあまり舞踏を好みませんので」

「でも……」

「殿下にお選びいただくのを待っている皇子たちが、たくさんおりますよ」

ニルファが水を向けると、玉座の階段の下にいる皇子や貴族の子弟たちが、一斉に皇女に微笑《ほほえ》みかけた。彼らは身分上、自分から皇女に申し込むことはできないが、アーファーリンが手を差し伸べれば、その手を取ってフロアの中央まで踊りに出ることができるのだ。

彼らに、帝位継承権はない。

同じく、皇帝の子でありながら、女性であるアーファーリンも即位はできない。それでも、〝皇帝の娘〟を娶《めと》ることは大きな影響力を持つ。継承権のない皇子たちにとって、重要な姫君だ。

しかし、居並ぶ皇子たちの視線にも、アーファーリンは気が乗らないようだ。まだもじもじとニルファのほうを振り返っている。

「皇女殿下が踊られないと、誰もフロアへ出られないでしょう」

今日の主役だ。ニルファは早く誰かを選ぶように促したが、皇女はまだぐずぐずしている。

「でも、一番最初に踊るのはニルファ様がいいの」

ニルファは顔をしかめた。ここで自分がアーファーリンの手を取ってしまったら、〝皇女の娘婿に〟という皇帝の意向を、承知しているように映ってしまう。

「あとで、お相手させていただきましょう」

「嫌。だって一番最初が誰か、って大事なのよ」

どうでもいいだろうと思うのだが、皇女は譲らない。あとでということにして誤魔化《ごまか》そうとしているのが、読まれたのかもしれない。

――困った姫君だ。

アーファーリンは自分のことが好きなのだ。あからさまだから隠しようもないが、それは思春期の少女にありがちな憧れにすぎない。

一過性だと思っている。それに、自分はこういう感情に振り回される少女は苦手だ。

渋い表情で黙っていたら、隣でイシュクが笑った。

「行ってこいよ。このお姫様は諦めないぜ」

「イシュク」

イシュクが、金色の瞳をきらりとさせて皮肉に唇の端を上げる。

「どうせ、踊っても踊らなくても貴族どもは騒ぐ。俺のほうがあとから来たから、余計だな」

踊っておけ、とイシュクが進言してくれる。自分の登場が遅れて扱いが上になってしまった分、皇女と最初に踊ることでニルファの立場を上げ、ふたりの立場の均衡を図ろうということなのだろう。

仕方なく、ニルファがアーファーリンの手を取ろうとすると、背中からイシュクの声がした。

「踊るお前は見栄えがする。ここから見られるのは役得だな」

ニルファは一瞬黙った。

いつも、イシュクのこういう発言に心の中が落ち着かなくなる。けれどそれを突き詰めて考えるのを、ニルファは本能的に避けた。

「…」

知らないほうがいい。何故か心の中がそう警告する。ニルファは気付かなかったふりをして、アーファーリンの前に回って片膝《ひざ》を突いた。

「では殿下、どうぞお手を…」

アーファーリンは嬉しそうに微笑み、ニルファのほうへ手を伸ばした。

巨大な白い鳥籠のような大広間に、華やかな音楽が満ちている。ニルファが皇女の手を取り、優雅に足を踏み出すと、周囲はさっと左右に道を開けた。

くるくるとステップを踏むたびに、金地に赤の刺繍を施したドレスが舞い上がる。皇女は、頰《ほお》を染めながら微笑んでいる。

他愛ない、淡い恋心だ。だが、これには少女の初恋では片づけられない問題が含まれている。

皇帝には直系の男子がいない。

皇族には何人かの皇子がいるが、いずれも傍系《ぼうけい》だ。その中でも、ニルファとイシュクは比較的血筋が近く、アーファーリンとは従妹《いとこ》の関係だった。

メフ・ルダードの帝位は血族で継承されるが、長子相続というわけではない。皇帝となるのは、その〝御徴〟が強く出現した者のみだった。

徴は身体に現れる。

身体の一部が結晶化し、鉱石のように青銀に輝く。ニルファは左耳の耳朶《じだ》から耳介の半分までが結晶化している。そしてイシュクは右目だ。

〝御徴〟を持った皇子はふたり。

　同じ年に生まれたが、イシュクは赤ん坊の時からすでに片目が結晶化していた。通常ならイシュクの後継順位が高くなる。だが、御徴の大きさが甲乙つけがたく、さらにニルファのほうがふた月ほど生まれが早いことから、継承権は現在ニルファが二位となっている。一位は空位のままだ。

　そして、話をややこしくしているのが、アーファーリンの恋心だった。

　皇女は、娘に甘い皇帝に、ニルファを婿にとってくれと日々懇願していた。もしイシュクが後継者に指名されてしまったら、前帝の娘として娶られるのがわかっているので、余計にニルファに固執している。

　皇帝は決めかねているのだろう。だから未《いま》だに後継者の指名をしていない。そのせいで貴族たちも、二皇子のどちらにつくかで揺れ続けている。

　ニルファにとってはいい迷惑だった。こんな風に一挙一動を注目されるのも、周囲に値踏みされ続けるのも意に沿わない。

「嬉しい……大人になったら、一番にニルファ様に踊ってもらおうと思っていたの」

「……」

　きらびやかな祝賀の宴《うたげ》で、アーファーリンは満面の笑みを浮かべていた。

◆◆◆

　その日は定例の御前会議だった。ニルファは宮廷に伺候《しこう》し、他の皇族・貴族とともに議場の円卓を囲んでいる。

　帝国の維持は、各省庁に分かれた行政府が担っているが、方針の決定は皇帝親政だ。

　そして皇帝を支えるのが皇族、貴族だった。成人した皇族は、家長が己の家の領地を治めると同時に、各省庁の大臣職を担う。この日も、二十二人の皇族が出席していた。

　二十五歳のニルファは、皇位に就く可能性があるため、身分は皇帝の補佐官として伺候している。

　議場は磨き抜かれたクリスタル様の床に、高い天井。窓側は天井まで幾何学模様の格子になっていて、さんさんと光が降り注いでいる。長い楕円《だえん》のテーブルには、深い葡萄《ぶどう》色と金色の縁模様が埋め込まれていて、卓の白さが際立っていた。

「では次の議題に移ります。第二都市、第三都市の人口微増につきまして……」

　政務官が資料を指し示すと、白い卓にはデータが浮かび上がった。データは円形の卓のどこからでも同じ距離で見えるように設計されている。

　報告は、国内に七つある重点都市のうち、二つの都市で人口が計画より増えているというものだった。ニルファは説明を聞きながら、その都市の主力産業が同じであることに気付いた。

　――どちらもイェクター加工か……。

　イェクターはニルファの専門分野だ。イェクターは帝国の柱といってよい鉱物で、他国が辺境に追いやられているのは、これを生産できるのが、帝国だけだからだ。

「……」

　ニルファは考え込みながら上座を見る。そこには今年、五十五歳になる皇帝がいて、卓をトントン、と無意識に指で叩《たた》いていた。

　人差し指の爪は結晶化しイェクターになっている。皇帝に現れた御徴は、この爪の部分だ。

　金属のような色をしているが、七色に屈折するので、ダイヤモンドのように輝く。個人差はあるが、特に青から紫までの色が強く出ることが多い。

　イェクターの「もと」はありふれた岩石だ。ただ、この石が影響を受けてイェクターに変質すると、貴重な動力化石になる。空挺も車両も光源も、この国のあらゆるエネルギーは、イェクターによって賄われていた。

ただの岩石をイェクター化させるのは人間で、それも限られた血統だけだ。それが、メフ・ルダード皇族の起源だった。

世界の動力の源を生み出す一族が、国の頂点に君臨するのは、当然の結果といえる。しかし、岩石をイェクター化できる者は、その力ゆえに己の身体にも影響を与えてしまう。

身体の中で、結晶化する部分の多くは爪や骨などの硬い部分だが、ある程度まで大きくなると、自己防御が働いて結晶は閉じ込められる。

現皇帝の結晶化は爪ひとつ。徴の現れ方としてはまあまあだ。それに比べると、ニルファの徴は耳朶から耳介軟骨の上のほうまでを覆っているので、かなり大きい。

《耳飾りみたいで、きれいだな……》

不意に、子どものイシュクの澄んだ声が脳裏に甦《よみがえ》って、ニルファは無意識に髪の上からそっと耳を押さえた。

「……」

最初に、ニルファの〝御徴〟を見つけたのはイシュクだ。その頃はまだ、耳介軟骨が結晶化しただけだったので、皮膚の下から光が透けていた。

どうしてそこにいたのかは覚えていないのだが、噴水のある中庭で、いとこのイシュクが隣にいて、その時突然耳に手を伸ばされた。

《俺とおなじだな》

イシュクは楽しそうに笑った。その頃、イシュクはもう右目が結晶化していて、左は金色で、右は空のように澄んだ青色をしていた。

笑顔を向けたイシュクに、自分がどう答えたのかは思い出せない。ただ、侍女たち以外あまり触れられることのなかった場所に手を伸ばされ、どきっとしたことだけが記憶に残っている。

　結晶化は、両親を含め、ムスターク家にとって喜ばしいことだった。内々で祝いがあり、親族たちがあれこれと持ち上げた。それで、幼かったニルファにも結晶化が何を意味するかがわかった。

　御徴が現れたということは、この子が後継者になる可能性があるわね、と両親が言う。同時に、片目が結晶化しているイシュクも、同じ期待がかけられていることを語っていた。その頃、皇帝にはまだ子がいなかった。

　やがて生まれた皇帝の子が女児であったことから、本格的に後継者問題が取り沙汰されるようになった。

　それからは、ザッラード家のイシュクか、ムスターク家のニルファか…同じ年の皇子として、ふたりは常に比べられてきた。

　ニルファが髪を伸ばしはじめたのは、この頃からだ。ニルファは、自分の御徴が人目に触れるのが嫌だった。

　目立たなければいい。そうすれば、イシュクが皇帝になるだろう…。だが結局、ニルファの結晶は耳介から耳朶の半分以上を覆うほどになり、今は豪華な飾りのように左耳を象《かたど》っている。

　帝位に就くことがなくても、影響を与えることができる御徴持ちの者がそこにいるだけで、周囲にあるなんの変哲もない岩石はイェクター化する。実際、徴が現れるほどでなくとも、皇族の住む首都一帯はイェクターの一大産地だった。

　ちなみに、もうひとつ重要な財源がある。イェクターを作れるのは皇族だけだが、メフ・ルダードの民は、他の物質に似たような変化を起こせる能力を持つ者が少なくないのだ。

　それはこの国の民に特有の能力で、物質の構造を変えることができる。硬い石をなめらかな織物のように変質させたり、不透明な石の屈折を変え、透ける板に整えることが可能だ。

　優美に曲線を描く柱や壁の建材は、そうして造られたものだった。植物の蔓《つる》や茎の構造を変え、結晶化して白く硬い柱や格子にできる。

　影響を与えられる素材には向き不向きがある。そして、帝国以外の周辺諸国には、そういう能力を持つ者がいない。だから貧しい。

　彼らは豊かな暮らしを求めて帝国へと入り込もうとしている。そして帝国は、それを阻むために国境警備を強化していた。イシュクが所属する軍の主な任務は、こうした国境での小競り合いを抑えることにある。

　だが、ニルファはいつもこの問題を考える時、行き詰まった気持ちになる。

　――このままでいいのだろうか。

　富を求めて、攻め込んでくる側の希求もわかる。自分たちだけがこの豊かさを享受していることに、若干の躊躇《ためら》いもある。けれど、だからといって彼らにまで行き渡るほどイェクターを増産することはできない。

　ではどうすればいいだろう…答えが出ない問題を考え込んでいるうちに議題は次に移り、滞りなく片づいて御前会議が終了した。

　ニルファは供を従えて議場を出る。

「ニルファ様、パルフをご用意いたしますので」

「いや、いい。研究塔に寄りたいのだ」

　供の男が移動用の浮遊舟《パルフ》を…と言うのを遮って歩き出す。パルフは、イェクターを動力源とした浮遊型の乗り物だった。

　城はいくつもの王朝が増強を重ねてきたため、かなり巨大な構造だ。一部は皇帝やその一族の住まいとなる宮殿が連なり、そこに行政機関が続いている。そのため、身分の高い者は城の中も乗り物で移動することが多い。だが、ニルファはパルフを使わず、そのまま研究塔へ向かった。

　城は、いくつもの行政機関と空中回廊で繋がっている。外の風に吹かれて白い石畳を歩きながら、眼下に広がる街を眺めた。

「……」

　皇族をはじめとした上流階級は、断崖の上にある首都に住んでいる。だが、国土のほとんどはその二百メートル下に広がっていた。街は緑豊かな敷地に、白い尖塔型の建物が突き出すように伸びている。

　石灰は、最も変質させやすい素材のひとつだ。やわらかく崩れやすい石灰を使いやすい形に成型し、変質させる。熱も動力も要《い》らない。そうしてできた街は白い建物で埋め尽くされている。建物が高層化しているのは、かつて爆発的に増え続けた人口を収容するために、上に上にと継ぎ足されていった名残《なごり》だ。

　厳重に人口をコントロールしている今では、適正な人数が保たれている。

　城の空中回廊は、高い橋梁を支える柱が等間隔で建っていて、その白い柱には蔓性の植物が絡んでいた。緑の葉が上空の風に揺れていて、ニルファが研究塔に渡り切ると、急に供の下男が叫び声をあげた。

「ニルファ様！　危ない！」

　上空から影が差し、下男が庇《かば》うように前に飛び出す。だが、ニルファは空挺の機体に皇族の紋が入っているのを見つけ、下男を制止した。

「大丈夫だ」

「ニルファ様…」

　流線形の機体は、回廊から続く円形バルコニー部分に滞空すると、ヒュンと鋭い音を立てて着地する。ニルファの髪が風圧になびいた。

　ニルファは静かに機体のハッチが開くのを見て、出てくるイシュクを咎める。

「航路を守れ。ここは着陸場所ではない」

「帰投する時、ちょうどお前の姿が見えたんだ」

　イシュクは、黒い軍服姿でひらりと空挺から飛び下りる。ニルファは軽く溜息をついた。

「答えになっていない。軍機を城に直着陸させるなど、上官が規律を守らなくてどうする」

　管制室は、イシュクの機体だから制止できなかったのだろう。皇位継承権第三位の皇子を止められる者はいない。ニルファは自由に振舞うイシュクを睨《にら》んだが、相手は軽く笑うだけだ。

「まあ、俺以外にこんなことをやる奴《やつ》はいない」

「お前がやるから問題なのだろうが」

「カタいこと言うな。お前に話があったんだ」

「……」

　ニルファは、どうしたものかと案じた顔をしている下男に、手で示して下がらせた。

　ムスターク家の下男は、継承権争いをしているザッラード家の皇子とふたりきりにしてよいのかと気を揉《も》んでいるようだったが、杞憂《きゆう》というものだ。

　自分たちは別に不仲ではない。周囲が煩《うるさ》いから、あまり表立って行動をともにしないだけだ。

　イシュクも、後部操縦席にいた副官に空挺を戻すように命令している。機体は司令通り浮き上がり、城壁にある格納施設に向かって下降していった。

　イシュクは低いバルコニーの手すりに腰かけ、片足を柵にかけて下降する機体を見ている。

　国土は切り立った崖に囲まれている。というより、地盤が低い場所に人々がかたまって住んだといっていい。ここからは遠すぎて見えないが、国境は周囲全てが切り立った崖に囲まれていた。そのあい間に僅《わず》かな渓谷があり、周辺国の軍は、その狭い渓谷から、侵入しようと試みてくる。

「最近は出動が多いな」

「ああ…でも戦闘じゃない。偵察艇を増やさざるを得ないんだ」

　手が足りない、とイシュクが呟《つぶや》く。皇族が偵察に出動しなければならないほど逼迫《ひっぱく》しているのかと案じると、イシュクが笑った。

「いや、人員の増強が欲しいのは確かだが、俺のは単に自分の興味で出ているだけだ。部下たちからは護衛が大変になるからやめてくれと泣かれている」

「…」

　風に吹かれて長めの前髪が揺れ、黒い眼帯が露わになる。

「最近は密入国者が多いんだ。向こうも、政府に見切りをつけた連中が増えたんだろうな」

　向こう、とは周辺十四国のうち、最も大きいアルマンという国のことだ。細かく分かれていたいくつかの国を併合し、軍備を増強して帝国への戦線を張ったが、ここ数十年でその国力も消耗し、政情は不安定だという。

「来るのは食い詰めた下層民たちだ。彼らは渓谷の検問を避けるために、断崖絶壁からやってくる」

　闇に紛れ、二百メートルを超える切り立った崖を自力で下りて密入国を図るという。軍も要所要所に検問地を設けているが、国土全体に張り巡らせることはできない。空挺で頻繁に巡視するしか対策がないという。イシュクは下から吹き上げる風に嬲《なぶ》られながら、金色の隻眼で国土を見つめている。

「密入国のほうは、巡視艇に任せてもいいんだが、俺が気になっているのは、国内で手引きしている連中だ」

　帝国側に協力者がいなければ、越境できてもすぐに見つかる。そもそも、それなりに装備がなければ、あの天然の城壁を下りることはできないだろう。ニルファはそれを聞いて、今日の御前会議の議題を口にした。

「そう短絡に結び付けるわけにはいかないが、人口が計画より微増している都市が二つある」

　戸籍管理は厳重にされている。人口が増えているのは、単に予測より生まれる子の数が多いということなのだ。

　密入国者が人口増加の原因とは、ニルファも思ってはいない。だが、特に原因もなく出産数が上がるというのも考えにくい。

「二都市ともイェクターの加工地だったので、少し気になっているところだ」

　しかしイシュクは、越境者が見つかる地域と、人口が増えた都市との位置はずれていると答えた。

「イェクターの影響があるところで人が生まれているというだけなら、むしろめでたいことだがな…」

　その意見に、ニルファも頷《うなず》く。

　加工地には、皇帝ほどではないがイェクターに影響できる皇族が、領主として着任する。

　生活に欠くことができないイェクターの生産には、弱点があった。皇族たちは石に影響を与えられる代わりに、己の身体にも影響を及ぼしてしまう。

　そのひとつが身体の一部の結晶化なのだが、それよりもっと大きな影響が、世継ぎを得られなくなることだった。

　皇帝の血を受け継いだ男児は、胎内にいるうちからイェクター化の能力を発揮し、子宮を結晶化してしまうため、育つことができない。女児はイェクター化の能力がないので、普通に生まれることができるのだが、その代わり帝位は継げない。

　帝国は建国からその問題を抱えており、やがて祖先はある方法を見つけた。

　それは偶然発見されたといわれている。天然に湧《わ》き出たある鉱水に女性を浸すと、女性の身体に変化が起きる。一時的ではあるが、イェクターに対して防御能力のようなものを持つらしいのだ。

　鉱水はある種の植物ホルモンに似ていて、防御力を得るのと同時に、受胎能力が高まる副作用がある。そのおかげで、女性は最もイェクターの影響力が強い皇帝の世継ぎを身籠ることができた。

皇帝の真の役目は、この次世代への遺伝子継承にあるといっていい。強い血を絶やさず子を得ることが最大の責務であり、帝国の盤石《ばんじゃく》さを支える。だが、近年この鉱水は湧き出る間隔が長くなっていた。

「今年は〝泉〟の水位が見えてきていると報告があった。それと関連しているなら、喜ばしいことだが……」

「十五年ぶりか」

「ああ」

ニルファも、イシュクと向かい合わせるようにバルコニーの縁から国土を見下ろした。

皇帝に子をもたらす貴重な泉は、城の中央で厳重に管理されている。人工での合成ができず、人間はひたすらその鉱水が湧き上がってくるのを待つしかない。

泉に鉱水が満ちるのは本来十年に一度。皇帝が世継ぎをもうけられるのは、この時だけだ。しかし、前回アーファーリン皇女が生まれてから十五歳になる今まで、泉の水位は上がってこなかった。

「水位の上昇に合わせて、受胎夜《ヤーシャール》の胎后《マハスティ》の選考があるそうだ」

泉の水位が急激に上がる「受胎夜」はたったの一晩だ。そして、世継ぎを産むために泉に身を浸し、帝母となる準備をした女性を胎后《たいごう》という。帝国を治める一族は、このたった一晩の儀式に、次世代を賭《か》けている。

「今回の胎后は八人選ぶと聞いている」

「そんなにか…」

イシュクが笑った。

「公表されたら大変だぞ。女どもが大騒ぎする」

大げさな、と言うと、イシュクは面白そうに片眉を上げる。

「それだけ人数が多いなら、自分も選ばれるかもしれないと夢見る奴が続出する」

　皇帝の子を産むかもしれない胎后に選ばれるということは、女性として最高の地位を得たことになる。

　それに、覇権を狙う皇族や貴族からすれば、自らの家の娘を胎后にしたいのは当然だ。特に、ここ百年ほどは皇族各家の思惑が重なって、胎后は複数選出されていた。

　最も血筋の高い女性が皇后となるが、門地に劣っていても、皇子を産めば帝母として宮廷で絶大な権力を持てる。

「うちの妹はかなり浮かれてる」

「ライリはまったく興味がないと言っていたが」

　妹の様子を挙げると、兄妹でそっくりだと言われてしまった。

「ライリ殿のような女性は少数派だ。女どもは皆、選ばれようと必死になってる」

　懐妊率が下がりはじめてから、胎后は複数選んでおいて、皇族男子に下賜されるようになった。皇帝が複数の后《きさき》を持つこともあるが、形だけ皇帝の后ということにして、皇子たちに嫁がせるのだ。いわば、〝予備の皇子〟たちをもうけるためである。

　イシュクもニルファも、そうして生まれた皇子だった。どちらも母は前皇帝の妹で、皇女たちは受胎夜の泉に浸り、それぞれの家に降嫁している。

　妹も胎后の候補対象になるが、年齢的に自分たち自身も、胎后たちの誰かを下賜される可能性があった。けれど、イシュクもニルファも、微妙にその話題を避けた。

　――もし、アーファーリン殿下が胎后に選出されたら…。

　年より精神的に幼い皇女を、皇帝が選出するかどうかは微妙だ。けれど、もし彼女が胎后になるのなら、ふたりのうちのどちらかに嫁ぐことになるだろう。自動的に、皇位継承者が決定することになる。

けれど、イシュクは他人《ひと》事のように軽く言う。

「今度の受胎夜で、陛下御自身に世継ぎが生まれる可能性だってあるんだ。そうしたら、どちらが選ばれるかなんていう品評会も終わる」

現皇帝に男子が生まれたら、空位にしてある皇位継承権第一位はその赤ん坊のものになる。

イシュクが覇気の強い隻眼をニルファに向けた。

「俺はそのほうがいい。お前と争うより、陛下が世継ぎを得られれば、ふたりで皇子に仕えることができる」

「……そうだな」

イシュクと肩を並べて、ふたりで帝国の政治を支えていく。ニルファにとっても理想的だ。

「だが、私は、今の帝国にふさわしい後継者はお前だと思っている」

「ニルファ…」

「今から胎后が子を身籠っても、そして子が皇子だったとしても、成人するまでには十五年かかる」

八千万の民を抱えるこの帝国に、目に見えない何かが迫っている気がするのだ。ニルファは、遥《はる》か先の国境へ目をやった。

「国のバランスは危うい。諸国との緊張感もあるが、何より、ここのところ陛下のご健康がすぐれない」

あまり不吉なことは口にできないが、治世は長くないと誰もが懸念している。仮に皇子が生まれても、幼帝親政ではとてもやり過ごせないだろう。

「こういう世には、お前のような軍事に明るい統治者のほうがよいと思う」

ハーフェズ帝は愚帝ではないが、この安定は皇帝の才覚によるものではなく、財政が順調だからこそできている統治だ。

「俺は、お前のほうが皇帝に向いていると思うがな」

ニルファはバルコニーに腰かけているイシュクを振り向いた。イシュクはよくそうして評価してくれるが、自分にその器量はないと思っている。

――皇帝にふさわしいのはお前だ。

「お前の強みは、軍にいて現実の国境を見ていることだ」

イシュクは、しきたりに囚《とら》われない豪胆さと、現実を見る冷静さを持っている。軍でも部下たちの人望が篤《あつ》い。こうして好き勝手に振舞っているように見えるが、皇族として常に人より一歩先の視点を持っている。

それは、自分にはないものだ。ニルファはイシュクから視線をそらした。

「私は国土のほとんどを見ていない。塔に籠って数字や文字から推論するだけなら、学者でもできることだ」

だから、自分の〝御徴〟をできるだけ人に見せたくない。皇帝になるのにふさわしいのはイシュクだ。彼が後継者だと印象付けるために、ニルファは髪を伸ばし、その象徴を隠し続けた。

イシュクを皇帝として仰ぎ見たい。ずっとそう思ってきた。

イシュクが傍らで立ち上がった気配がする。

「俺の理想は、お前が皇帝に立ち、俺が軍備をもって国を守るという体制なんだがな…」

颪に巻き上げられる髪を押さえながらイシュクを見ると、彼は心なしか苦笑している。

「だが、冷静に見ればおそらく俺が後継者に指名される可能性のほうが高いだろう」

ニルファも頷く。互いに譲り合ったところで、客観的な事実は変わらない。大事なことはイェクター化能力の強い者を皇帝に据えることなのだ。

「俺が即位したら、お前に宰相を務めてもらいたい。俺にない知見をもって、俺を支えてほしい」

——イシュク…。

背の高いイシュクが、真っすぐ金色の瞳で見下ろしてくる。ニルファは、寄せられる信頼に耐えきれず、微妙に視線をずらした。

「…」

またあの感情が迫《せ》り上がってくる。そんな感情があることさえ認めてはいけないような何か…。ニルファは急いでその感情に蓋《ふた》をした。

「……考えておく」

少し空いた間を繕うように、イシュクが笑い飛ばす。

「まあな。もうすぐヤーシャールを迎えようという時期に、こんな話をしていても仕方がない」

十五年前のヤーシャールではたったひとりの皇女しか生まれなかった。けれど、今度はうまくいくかもしれない。

——時代を経るごとに、受胎率は下がっているが……。

胎后が泉に入れるのは一晩しかないが、その効果はひと月ほど続く。その間に胎后が皇帝の寵《ちょう》を受ければ、子を孕《はら》む可能性がある。

「さて、行くか」

イシュクが両腕を伸ばして大あくびをする。密入国があるのはたいてい人目に付かない夜だから、夜通し勤務していたのだろう。無造作に片目をごしごしと手の甲で擦《こす》っていて、眠そうだ。

「邪魔したな」

「話があったのではないのか」

「さあ。なんだったかな……」

わざわざ帰投ルートを変えてバルコニーに下りてきたのだ。だがイシュクは振り向かず、片手を振って立ち去っていく。

「………」

空中回廊の強い風が銀のマントをはためかせる。

ニルファはその後ろ姿をしばらく見つめていた。

◆◆◆

ひと月後――。

イシュクはその晩、王宮に立ち寄ってから自邸へ戻っていた。

ザッラード家の城は、王宮からいくらも離れておらず、王宮と同じように白を基調とした尖塔が寄り集まったシルエットをしている。実家ではあるが、イシュクは普段、軍の宿舎に寝泊まりしているので、ほとんど戻らない。

だが、王宮の泉の水位が上がり、もうすぐ〝ヤーシャール〟があるため、帰省するように言われていた。ここからしばらくは、空軍への勤務もない。

イシュクは自分の部屋に入ると、軍服を脱ごうと襟をくつろげたが、途中で気が変わって円形のバルコニーへ出た。

少し、夜風で頭を冷やしたかった。

バルコニーには低い縁に五本の柱が立ち、ドーム状の屋根がある。イシュクは縁に腰かけ、夜風が髪を嬲るのに任せた。

頭の中では、極秘に呼ばれた謁見での話が甦る。

《娘を胎后に選出した…》

皇帝は苦渋を滲《にじ》ませてそう言った。アーファーリンに、受胎準備させるというのだ。

《そなたも、そろそろ決心してくれ》

皇女との縁組は、内々に打診を受けている。しかし、今夜の話はさらに一歩踏み込んだものだった。

婚約や婚儀ではなく、皇女を胎后に選出し〝下賜〟という形でもらい受けることになる。

《次の受胎夜がいつ来るかわからない以上、成人した娘に、この機会を逃すわけにゆかぬ》

理屈はもっともだ。

しかし、イシュクにとっては急な話だ。降嫁の話すら、正式に受諾はしていない。

――皇女も、まだ知らされていないだろうな。決定を知らされたら、きっと大騒ぎだろう。自分もヤーシャールを直接見たことはないが、十五歳の皇女も、それがどんなものかは知らないはずだ。誰かがお后教育をしているかもしれないが、あの幼い感じからして、あまり具体的に知らないのではないかと思う。

まして、ニルファに恋をしているアーファァーリンにとって、自分に抱かれるのは受け入れがたい苦痛だろう。

――陛下も、娘の気持ちを考えてギリギリまで判断を下さなかった。

帝国の将来を考えれば、たとえ愛娘とはいえ、情に呑《の》まれるわけにはいかない。だが、イシュクも決断を遅らせた皇帝の苦悩は共感できる。

――俺だって、まだ悩んでいる。

アーファァーリンを娶り、立太子し、皇位継承問題に決着をつける。

「……言えるわけがない」

剣の柄飾りを玩《もてあそ》びながら、イシュクは自嘲《じちょう》気味に呟く。せめてニルファにだけは皇女とのことを事前に打ち明けておきたいと思って、わざわざバルコニーで捕まえてみたのだが、あの時も、口にする勇気がないまま終わってしまった。

「情けねえな……我ながら」

天を仰いで目を閉じる。空軍きっての猛者で、怖いものなしと言われる自分が、こんなことで臆しているとは、自分でも笑える。

――ニルファ……。

皇女を娶るのだと言えば、ニルファは祝辞を口にするだろう。彼も含めて、誰もが予想している未来であるにもかかわらず、イシュクはそれをニルファに告げられない。

「……」

瞼《まぶた》の裏には、凛《りん》とした美しさを漂わせたニルファの貌《かお》が浮かぶ。

白皙《はくせき》の肌。清冽《せいれつ》な眼差し。女性より艶《なま》めかしい美貌を持ちながら、気高さと気品が近寄りがたい空気を醸し出している。もし彼が即位したら、歴代のどの皇帝より際立つ美しさで名を遺《のこ》すだろう。

玉座に座る神々しい姿まで目に浮かぶようだ。

「だから……小細工をしたのにな…」

イシュクは黒い眼帯に隠された右目を手で覆った。

本当は、即位する彼を見たくてイェクター化した御徴を隠していた。

無駄な足掻《あが》きだとはわかっている。

己の中にある血が、ニルファのそれよりも強大だというのは確かだ。自分が治めるしかないことも、最も力の濃い世継ぎを考えるなら、アーファーリンを選ぶしかないことも、承知している。

——だが、俺はニルファを……。

淡い未来を思わずにはいられない。

武人としてニルファに仕え、傅《かしず》き、彼を護《まも》る盾となって生きる。それなら、彼を見つめ続けて生きていけるだろう。

皇帝から内示を受けても、まだニルファとともに生きることを諦められず、イシュクはあの時もついニルファに〝宰相に〟という話をしてしまった。

——未練がましいな。

聞きようによっては、現皇帝に対しての忠心を疑われかねないような言動だ。ニルファが言葉を濁したのも、もっともだと思う。

それでも、言わずにはいられなかった。

——たとえ臣下としてでも、俺は…。

ニルファとともに生きていたい。一生その傍らに立ちたい。それが、皇帝と臣下という立場でもいい。

一緒にいられるならそれでいい。

「嘘《うそ》つきめ……」

言い聞かせたそばから、自分の本心が疼《うず》く。けれどイシュクはその先の言葉を封じた。

それは、たとえ心の中でも思うべきことではない。

「……」

皇子同士。

それ以上でも、以下でもない関係だ。どんなに相手を想っていても、結ばれることはない。

——それでもいいと、俺は何度も心に決めただろう。

イシュクは苦く笑う。もう、何年も前からこうやって自分の心を抑えてきた。

「うまくやれるさ……」

イシュクは誰にともなくそう呟く。

恋と忠誠心はとてもよく似ている。そうやって誤魔化せば、自分の心を一生欺くぐらい、できるような気がしている。

——だいたい、今も昔も、それほどニルファとべったり付き合ってないしな。

いとこ同士だが、そんなに親しく遊んでいたわけではない。両家の力が、それを許してくれなかった。

けれど、ずっと比べられて育ったせいか、常に行動を見聞きしていたし、まるで隣に並んで暮らしたかのような錯覚はある。

「そうでもないのか…?」

単に、自分がニルファのことを気にしていただけかもしれない。

——そうだな、俺が一方的に見ていたんだ。

いつも、つい目が向いていた。今でも、初めて彼の耳が結晶化した時のことを憶《おぼ》えている。

——綺麗《きれい》だったな……。

耳が宝石をまとったようだった。

やっぱり、ニルファは力を持った皇子だったのだと、誇らしい気持ちになった。白銀の髪にきらきらとした結晶が反射していて、イシュクは思わず手を伸ばした。

「あの頃は、わかってなかったからなあ……」

　男だとか、女だとか、そんな性別の意味が理解できる歳《とし》ではなかった。同性を愛の対象とすることが、これほどの禁忌だとは思っていなかった。

　バルコニーの下には、寝静まった都市が見える。灯《あか》りがちらほら見えるが、人の姿はない。

　――なんで、同じ性だったんだろうな。

　帝国において、同性嗜好《しこう》は獣姦《じゅうかん》に並んで忌み嫌われている。

　法律というより、常識だった。

　少しでもそういう素振りが見えると、非難はされないが眉を顰められた。倫理観のない人間という烙《らく》印《いん》を押される。

　イシュクも、あまり男色にはいいイメージがない。性欲は旺盛なほうだが、同性にまで肉欲を感じるというのは、悪食の類だと思う。だから、自分の気持ちを自覚しても、それを露わにすることはなかった。

　自分の風評だけなら気にしないが、ニルファにそんな悪趣味を持つ人間だと思われるのは嫌だったし、嫌悪の眼差しを向けられるのだけは耐えがたい。

　正直に言えば、やましい心根がないわけではないのだが、むしろ、だからこそ自分の気持ちは隠したかった。

　――あいつを穢《けが》すような真似《まね》はできない。

　自分の下劣な感情は、清廉なニルファにはふさわしくない。彼にそういう下卑た視線を向けること自体が、彼の品位を貶《おと》めてしまう気がするのだ。

「……」

　だからこうやって心密かに想っているしかない。

　もしニルファが女性に生まれていてさえくれたら、こんなに苦しむことはなかっただろう。どんな身分であっても、想いを告げることはできた。

とはいえ、ニルファが実際にアーファーリンのようなドレスを身にまとって微笑むところは想像できない。夢想の中のニルファはいつも、近寄りがたい雰囲気を漂わせた貴公子だ。

――でも、案外ドレスも似合うんじゃないかと思うんだよな。

あの容姿だ。女性のようななよなよしさはないが、それ以上に凜とした美しさだろう。にこりともしない美貌の姫君を想像して笑っていると、不意に部屋の入り口で声がした。

「殿下、王宮より至急の登城をと要請が来ております」

「……今、行く」

声は緊張を孕んでいた。イシュクは表情を引き締め、剣の柄《つか》を握って立ち上がった。


城に着くと、普段静まり返っている夜の宮殿は、慌ただしい気配に包まれていた。宮殿中の灯りがつけられ、ガランとした白亜の回廊に次々と王侯貴族が駆けつけてくる。イシュクは移動用の乗り物を使わず、侍従たちが小走りになるほど歩幅を取って皇帝の私室へと向かった。

両脇に、息を弾ませた侍従たちが付いて走り、経緯を報告する。

「陛下は、殿下がご退出されましたのち、御酒を召し上がられ、そのあと急に胸を押さえてお倒れになられまして…」

「医師の診立ては」

「は、一時心拍が停止いたしましたが、現在はなんとか脈が戻りました。し、しかし…」

医師団は近親者だけではなく、全貴族を招集するように指示したらしい。それはつまり、皇帝に〝万一〟の事態が起きつつあるということだ。

　反対側から別な侍従が眉を顰めて言う。

「陛下は、何度か小さな発作を起こされておりました。しかし、医師の診立てではそう急激に悪化することはないと…」

「だが、悪化したんだな？」

「は…その…それは…」

　いくら前の診断がよかろうと、現実に倒れているのだから意味はない。イシュクは同じように慌てて伺候してきた大臣と合流し、宮殿の上階にある皇帝の私室に入った。

　衛士が観音開きの扉を開けると、貴人の部屋にしかない水路のせせらぎが聞こえ、その左奥には、円形の天幕に囲まれた寝台があった。灯りは抑えられていて、寝台を囲むように、鉱石の燭台《しょくだい》が光を投げかけている。

　部屋にはすでに幾人かの皇族が駆けつけていた。

――ニルファ…。

　長い銀髪が揺れ、ニルファが振り向く。だいぶ夜も更《ふ》けていたが、ニルファは皇族の正装である白いジャケット姿だった。

「イシュク殿下、どうぞこちらへ」

　皇帝の小姓が声を潜めて促す。寝台を取り囲んだ皇族たちは、ただ黙って成り行きを見守っていた。

　丈の短い紫のジャケットを着た小姓たちは、ひとりがイシュクを案内し、もうひとりが皇帝の枕元に跪《ひざまず》いて囁く。

「陛下、イシュク殿下がご到着あそばしました」

　ベッドに横たえられた皇帝の胸がせわしく上下している。喉からは掠《かす》れた呼吸音がして、鎖骨のあたりには、酸素を直接肺に送り込むための細い管が取り付けられていた。

　皇帝の手が上がり、イシュクを見て手招く。天幕の内側に立っている医師たちは、言い含めるようにイシュクに囁いた。

「酸素を送り込んで呼吸を確保しておりますが、もう、あまり意識を保ち続けることはできないかと思われます」

「…」

時間が残されていない。イシュクは僅かに頷いて、枕辺に片膝を突いた。

「陛下…」

「イ……シュク……」

皇帝は強い眸《ひとみ》で皇子を見る。声は途切れ途切れだったが、言葉ははっきりしていた。

「アーファアーリンを…そなたは、帝位を、継ぎ……強い…世継ぎを……」

「お父さま！」

「皇女殿下！」

バタンと乱暴に扉を開ける音が響き、皇女が部屋に飛び込んでくる。アーファアーリンは白い寝間着に薔薇《ばら》色のガウンを掛けただけの姿で、父帝の寝台まで駆け寄る。イシュクはとっさに場所を譲って、一歩後ろに下がった。

アーファアーリンは床に座り込んで、父の姿に取りすがる。

「お父さま！　お父さま、しっかりして！」

アーファアーリン…と声にならないまま皇帝の唇が動き、愛娘の頭に震える手を伸ばす。アーファアーリンは大粒の涙を溢《あふ》れさせながら頭を振った。

「嫌よ！　お父さま！　誰か、誰かお父さまを治して！」

医師団を見上げ、助けてくれと懇願する。だが医師団は苦悶《くもん》の表情を浮かべて沈黙するだけだ。

手を尽くした…その無言の表明に、皇女がパニックになる。

「いや……いやよ…ッ……どうして、お父さま！」

眼を閉じないでくれとアーファアーリンが泣き叫ぶ。

皇帝はその姿に不憫《ふびん》そうな眼を向けながらも、最後の最後に、天幕の向こうに控えていたニルファを見た。

　皇帝の視線を汲《く》んで、小姓がニルファに駆け寄り、皇帝のそばへと促す。

「陛下」

　ニルファも静かにイシュクの隣に片膝を突いた。どちらかというと、威厳を崩さないほうだった皇帝が、泣きそうな顔をする。

「すま……ぬ……ニルファ………」

「陛下……」

「そなた……を……」

　言いかけた声が途切れ、アーファァーリンの頭を撫《な》でていた手が、だらりと滑り落ちた。

「お父さま！」

　アーファァーリンの悲鳴が、細い針金のように鋭く部屋に響き渡る。一瞬の沈黙と閉じられた瞳に、誰もが臨終を悟った。

　イシュクがはっとして王の爪を見ると、青紫に輝いていた爪が、まるで命と連動するかのように光を失い、ほとんど瞬時に灰鉛色をした塊になった。

　——御徴が……。

　たったひとりの肉親を失うことに耐えられないのだろう。アーファァーリンは侍女たちが何を言っても聞かず、父帝に取りすがって泣き続けている。

　医師団は動いてくれない皇女におろおろしながら、どうにか心肺の蘇生を試み、やがて、どうあっても無理だというのを確認してから死亡を宣告した。

「いや！　いやよ——ッ！」

　部屋には皇女の号泣が響いた。

　痛ましい声に、他の皇族も同情はしている。だが、甘やかされてきた皇女を誰もが制御できず、ニルファを頼るように見ていた。

　イシュクも、ニルファの言うことなら聞くだろうとあてにしたが、ニルファはイシュクのほうを見ている。

冷静な眼にどきりとした。

当たり前だが、皇帝は皇女の行く末を自分に託した。周囲にもはっきりそれは聞こえただろう。イシュクは軽く傷つきながら、自分がどうにかしなければならないのだと諦めた。

皇帝が崩御した以上、自分がこの場の最高責任者ということになる。イシュクは立ち上がり、寝台の周りで手をこまねいている医師団に命じた。

「陛下のお身体を清め、殯《もがり》の準備をせよ」

泣き伏していた皇女が顔を上げる。何故、この男が場を仕切るのだという顔だ。だがイシュクはかまわず大臣のほうを向く。

「国葬の準備について、あとで話がある。まずは城に参じている貴族たちに、陛下の崩御を報《しら》せよ」

「は…」

「ちょっと……あなた、何を…」

「神殿に報せて鎮魂の鐘を鳴らせ。民には明朝、正式に通達する」

「あ…あなたは…」

皇女が哀《かな》しみを忘れて憤り、立ち上がる。イシュクはそれを冷ややかに見返した。

小娘の憐憫《れんびん》になどかまってはいられない。帝国の頂点にある皇帝が崩御したのだ。やることは山のようにある。

「お悔やみを申し上げます、殿下。ですが、ここは我々にお任せください」

「いやよっ！　何故あなたがえらそうな顔をして私に命令するの」

「殿下の夫となるからですよ」

ひっと息を呑む声がする。今言うことではないだろうと自分でも思うのだが、あまりアーファーリンを思い遣《や》る気持ちになれない。

何故だろうと思って、とっさにニルファのほうへ寄っていく皇女に目をやった。

――ああ、そうか。

自分は、アーファーリンが嫌いなのだ。

ニルファにべったりで、彼を慕うこの小娘のことが気に入らないのだ。

「ニルファ、皇女殿下を寝室にお連れしておいてくれ。俺は大臣たちと今後のことを打ち合わせる」

ニルファに皇女との婚儀を知られたことも、そしてそれを知った彼が冷静なことも、何もかもが思ったよりぐさりと胸にくる。

後継者の立場として命じれば、ニルファはきっと引き受けるだろう。案の定、ニルファは静かにイシユクを見て、わかったとだけ答えた。腕にしがみついてきたアーファーリンにも、冷静に向き合う。

「殿下、ここからは公儀です。まず、我々は邪魔をしないように部屋に戻りましょう」

お送りしますと促すと、皇女は泣きじゃくりながら従った。

ニルファの言うことだと、聞き分けるのも苛立《いらだ》つ。

けれど皇女はひとりでは歩けないほど動揺していて、ニルファはそんなアーファーリンを支えながら部屋を出かけ、振り向いて妹を呼んだ。

「ライリ、お前も付いて来てくれ」

「はい、お兄様」

ライリは、ニルファと六つ違いの十九歳だ。黒髪に緑の瞳をしていて、兄ほどではないが、やはり女性にしてはきっぱりした雰囲気がある。いとこ同士だからだろうか、アーファーリンもライリには甘えたような顔をした。

「アーファーリン様、どうぞ私にもお摑《つか》まりください。ああ、貴女、ちょっと先にお部屋に戻って、寝室を薫りで清めておいて」

「は、はい、ライリ様」

きびきびと侍女たちを采配し、ライリは兄とともに皇女を連れて廊下へと姿を消した。

イシュクはそれを見届けながら低く息を吐く。

皇帝の急死を前に、明日からの政府、葬儀、次の皇帝の即位まで、待ったなしで世界が動き出してしまう。

イシュクは内務大臣に金色の瞳を向けた。

「それで、俺はまだ立太子していないのだが、どういう立ち位置で動くべきだ？」

「殿下……」

ハーフェズ帝は、統治三十年で幕を閉じた。

◆◆◆

翌日から、帝国は喪に服した。

白亜の宮殿には黒い弔旗が掲げられ、眼下の都市はいつにもまして静けさを保っている。ニルファは宮殿からやや離れたムスターク家の城から登城した。

ニルファは、なめらかな流線形のパルフの後部座席に座っている。

パルフの外見は、光沢のある乳白色のことが多い。透明度がなく、見た目は扉も窓もない。操縦席も窓はないが、パルフの周囲の画像は操縦席の前方に浮かび上がる。

城が見えてくると、パルフは高度を上げ、皇族専用の門に向かう。

幼い頃から、宮廷に向かうたびに使っているルートだ。皇族のための教育施設は王宮に連結している建物の中にあり、ニルファは城との往復以外、首都の街にもあまり下りたことがない。

——性分なのだろうな……。

どこかへ出かけるより、書物をひも解いていたかった。ある程度学問を修めた今でも、世界を〝わかった〟とはとても思えない。むしろ〝わからないことだらけなのだとわかった〟程度だ。

世の中にある学説だけが全てではない。歴史の中で、埋もれてしまった貴重な研究や発見はたくさんある。

だから、ニルファは学問を修めたあとも、政務に関わる傍ら、研究所で、そうした過去の記録の掘り起こしを手伝っていた。

もっと丁寧にそうした仕事をしたいという気持ちは、常にある。膨大な情報をもとに、即断即決を求められる政治の世界も嫌いではないが、すぐには役に立ちそうにない研究に、じっくり取り組みたいのも本音だ。

そんな気持ちがあるからだろうか。成人しても現実の国土に飛び込む気持ちがあまり起きず、軍人として最前線にいたイシュクを尊敬していた。

自分のように、外に出ることを億劫《おっくう》がるのとは真逆だ。行動力とフットワークの軽さは、イシュクの大きな武器だと思う。

――采配も、迷いがなかった。

皇帝急死という事態にあっても、イシュクはいささかも動揺していなかった。大臣たちに間髪容れず指示を下し、最も手を焼きそうな皇女の対応も、自分に振った。適材適所を心得ていると思う。

ただ、さすがのニルファも、あの時は義務的に引き受けたわけではない。肉親を失った皇女のことは、やはり本当に心配だった。だから、その後も妹のライリをこまめに見舞いに行かせている。

本当は、自分が行けばアーファーリンは喜ぶだろう。けれど、イシュクとの婚儀を控えている皇女にとって、自分が行くのはむしろ毒にしかならない。事実、父帝の死と婚儀の決定を同時に知ることとなったアーファーリンの嘆きは相当なもので、ライリの報告でも食事が喉を通らないほどだという。

アーファーリンにすれば、納得がいかないだろう。

よりによって、一番嫌っている相手が夫となるのだ。

――だが、陛下のご判断は正しい。

皇族の場合、ごく普通の婚姻で生まれるのはたいてい女児だ。ニルファにも合計五人の兄妹《きょうだい》がいるが、自分以外は全て女子だし、ザッラード家は、イシュクとイシュクの妹のミナのふたりだけだ。

ヤーシャールを経ないと男子は生まれない。稀《まれ》に生まれても、イェクター化する能力を持っていないことがほとんどだ。

皇帝の血を引く唯一の子であるアーファーリンは、皇后となる身だ。少しでも力の強い子を願うなら、イシュクとの組み合わせしかないだろう。

「………」

だがニルファも、理屈でそう思っているだけで、心はまだ現実についていけていない。ニルファは高度を上げ、強い陽が射し込んでくるパルフの中で目を眇《すが》めた。

――イシュクが、アーファーリンと……。

観音開きの大扉が開き、パルフが滑り込む。皇族用の入り口は、正面が天井いっぱいまでガラスが嵌《は》め込まれている。パルフの着陸場所は、浅い運河のように水が張られていた。

水はあらゆるものの浄化を意味し、上流階級の住まいほど、好んで屋内に水路が引かれている。特に人工的な崖上の首都では、植物や水などの自然は価値が高く、屋内に引き入れられる小さな運河は、最も贅沢《ぜいたく》なインテリアだった。

王宮の運河は碧《あお》いタイル底で、回廊と並行に造られており、人々は水のせせらぎを聞きながら歩く。水面はガラス面からの光を受け、格子模様の影を映しながらきらめいていた。

運河沿いには品よく緑があしらわれ、水辺を彩っている。パルフはこの水路を、まるで舟のように進むのだが、実際にはまったく水に触れていない。

形だけ〝舟〟としているが、パルフにとっては陸地と同じで、やはり水にレーダーを反響させて距離や進路を感知している。

ほとんど姿を見せずに王宮の奥深くまで行けるので、身分の高い者は、パルフでの移動を選ぶことが多い。

――イシュクは、嫌がるがな…。

パルフは速度を落として優雅に進むのだが、イシュクはその遅さが我慢ならないらしく、ほとんど乗らずに回廊を歩いている。ニルファも、回廊を徒歩で行ったほうが人々と触れ合う機会があってよいとわかっているが、今日は敢えて水路を選んだ。

――意外と、外聞が気になるのか…。

ずっと、後継者争いを他人事のように思っていた。けれど、今宮廷に出ると、おそらく色々なところから声をかけられる。そこに、無用な慰めや励ましが来そうで嫌なのだ。

覇権争いに敗れた者という憐《あわれ》みの視線がきたらと思うと、外に出る気がしない。逆に、イシュク即位に納得がいかず、憤慨するムスターク家の親族たちに遭遇するのもうんざりだ。

帝位など望んだことはない。勝手にあれこれ決めつけられて、持ち上げられたり残念がられるのはごめんだった。

――こういうところが、器の不足なのだろうな。

気難しいと自覚している。イシュクのように誰彼となく仲良くなることができないし、周囲が気を遣ってしまうのも感じるので、宮廷では積極的に交流を取ることがなかった。

――イシュクなら、万一即位できなかった場合でも、豪快に笑い飛ばして、場の空気を和ませるだろうに……。

目的地に着いてニルファが降りると、パルフの扉は音もなく閉められた。

「供はよい」

「は…」

　戻るまでここで待つようにと命じると、従者は恭しく頭を下げて見送る。

　向かう先は、「受胎の泉」だ。ニルファは警備兵に敬礼されながら回廊を通り、普段は許された者しか上れない白亜の階段を進んで、尖塔の寄り集まった最上階へと進む。

　受胎の泉は、最も高い尖塔に造られた人工の泉だ。最上階にあるのは、泉が光を必要とするからだった。

　尖塔の天井はわざと屋根の一部を丸く抜いており、そこから光が泉へと真っすぐに降り注いでいる。

　――予測でいくと、あと半月程度でヤーシャールが来るはずだが…。

　泉に関する研究も、ニルファが所属している研究所が取り組んでいた。研究者たちは儀式に関係なく日参して観測を続けているが、このところの水位上昇の兆候を受けて、観測者を増員し、きたるべき満水に備えている。

　たった一夜しかない貴重な現象だ。普段は静かな場所だが、この時期は研究者だけでなく、王宮の式典を取り仕切る関係者や大臣、胎后の世話をする者たちなど、にわかに人が出入りしていて、いつもより緊張と活気に満ちていた。

「これは…ニルファ殿下。わざわざおみ足をお運びいただき……」

　階段を上り切って泉の間に着くと、台座の部分にいた研究所の所長が、ニルファの姿を見つけて中央の階段を駆け下りてくる。

　研究者たちは皇族や貴族のような恰好《かっこう》はしない。ごくシンプルな丸襟のロングジャケットにパンツ姿で、その多くが灰色だった。

「失礼いたしました。お迎えにも上がらず…」

「いや、かまわない。それより水位はどうだ？」

「はい。微増減を繰り返しております。記録通りの推移だと思われます」

所長が、シート状にしたイェクターを嵌め込んだ板を取り出してみせる。石板に触れると、埋め込まれた鉱石からホログラムが立ち上がり、色の違う折れ線グラフが重ねられた。

「青いほうがここ一か月の数値ですが、古来のデータとも変化指数が重なっております」

見せられたデータは、水位の上昇率とともに、成分の数値もグラフ化されている。ベースになっているのは、数百年も前のデータだ。

泉の水位は、常にこの古いデータを基礎として計っている。ニルファは塔の中央に設《しつら》えられている泉を見上げた。

この場所は、およそ六階分の高さがあり、円形の塔は壁の円周に沿って一回り内側を柱が囲んでいる。壁と柱の間には水路が造られていて、水は塔の中を巡ると、また循環して下の階へと流れていく。

柱が支えている丸屋根からは、真っすぐに光の柱が降り注いでおり、中央の泉は、周囲より高い台座に支えられている。

ガラスでできた人工の泉は、遠くから見ると、まるで巨大な八角形のグラスのようだ。

厳かに光を受ける泉。その台座は人が歩ける程度の幅があり、螺旋《らせん》を描く階段が付いていて、ゆったり一周半ほどで上がれるようになっている。

儀式の際には、皇帝だけがこの階段を上り、泉に浸された胎后を引き上げるのだと言われていた。皇族、貴族たちはそれを下から見守るような形になる。

「泉の様子をご覧になりますか」

「ああ…」

ニルファは所長に先導されて螺旋の階段を上がりながら、説明を受ける。

「遠目ですと、ほとんど水位は見えなかったかと思います。本当に底のほうにしか兆候がありませんので」

ニルファも頷く。泉は美しく輝いているが、巨大なガラスの中は空だ。

――この大きさの泉が、満水になるのか…。

階段を上がりながら台座を眺めても、本当に不思議だ。

見上げるほどの高さがある人工の泉は、ガラスの強度を保つために縁と底を青銅で覆っている。美しい模様を付けられているが、底をよく見ると、泉の中にはお世辞にも綺麗とはいえない、岩のような塊がある。

これは石柱と呼ばれるものだ。

泉の水――鉱水は石柱から湧き出してくる。人の背丈程度の岩石だが、これは長年の研究によって石ではなく、ある種のバクテリアだとわかった。

小さなバクテリアは無数に集まって、岩のような塊として生きている。人間の目から見るとわからないほどゆっくりとではあるが、繁殖し、呼吸をしていた。

そのバクテリアが、一定の周期で突然変異を起こすのだ。そして変異のために生産されるのが、ある種のホルモンに似た「鉱水」だった。祖先はこの効能を見つけたのだという。

「こちらが、計測用の小窓でございます」

所長は巨大な台座に上がると、背面にあたる場所へと案内し、青銅の一部が外されている場所を示した。

ガラスの横にはスケールが設置されていて、水位が爪の先ほど増えるだけでも計れるようになっていた。

だが、目で見ただけではじんわりと石柱が濡《ぬ》れているようにしか思えない。これで水位と呼べるのかと不思議に思うと、先を読むように係官が補足する。

「昨晩は、一ミリほどの水深を確認しております。おそらく、石柱自身が成長するために吸い上げたのだと思われます。記録通りです」

石柱は大きくなるために鉱水を必要とする。どういう方法でか石柱は鉱水を製造し、自らの身体に取り込み、成長を繰り返す。そして、ある臨界点で爆発的な鉱水量となる。

「おそらく、本来であればこの時に石柱は巨大化するのでしょう。ですが、我々が鉱水の効能を使ってしまうので、石柱は大きくなることができないのです」

成長のタイミングを失ったバクテリアたちは、鉱水のために力を使い切って小さくなる。そしてまた静かに長い時間をかけて、失った力を取り戻すまでゆっくり成長し直すと言われていた。

「我々が、彼らの力を奪っているのか…」

大きくなろうとする生き物の芽を摘む行為なのかと思って思わず口にすると、所長はそれを否定した。

「…そうとも言えますが、私には、一概に悪いこととも思えません」

黒縁の眼鏡をかけた所長は、泉に降り注ぐ光を見上げる。

「この石柱は、本来はもうとっくに絶滅している種です。今も、我々がこうして常に光と温度を管理し、環境を整えてやらなければ、生き続けることすらできません」

生真面目《きまじめ》そうな顔で、彼はガラスの向こうの微生物を見た。

「我々は彼らの生み出す鉱水を使う。その代わり、彼らは自力では得られない生存環境を得る……これは、どちらかというと共生ではないかと、私は思っております」

「……」

所長は研究員たちとともに、長い時間をここで過ごす。任期のうち、ヤーシャールのように脚光を浴びる時期は何回もない。十年に一度の満水時になるまで、ただ淡々とこの石柱と向き合っているのだ。

　ニルファは、根気と粘り強さを求められる彼らの職務に敬意を覚えた。

「殿下？」

「いや…貴官らの見識は、この泉を見守り続けた者でないと、出ない考えだと尊敬する」

　思わず微笑んだのだが、所長は驚いた顔をして恐縮している。

　ニルファも、巨大な人工水槽に手を伸ばした。

「私たちは、つい自分の寿命を基準にして見てしまうのだが、貴官は、石柱の時間軸で捉えている」

「畏《おそ》れ多いことです」

　この水槽が作られてから、およそ六千年が経《た》っている、とされていた。いくつもの王朝が興っては崩れ、帝国が平定されたのは僅か九百年ほど前でしかない。

「我々は、千年の時すら超えることができていない」

　失われた技術も、継承が途絶えた知見も少なくない。現に、皇位継承に欠かせないこの水の増減すら、数百年前のデータに頼るしかないのだ。

「……計測数値の記録が残っているのに、肝心の分析機が作れない。作り方すら残っていないというのは、どういうことなのだろうな」

「殿下…」

　泉の水は、どんな成分でできているか記録されている。だが、成分分析を行う機械は、名前や画像が残っているだけで、設計も、その製造技術も見つからないのだ。

　――故意に消されたのか、何か意図があったのか……。

　わざわざ記述するに値しないものだからなのか、歴史上いつ姿を消したのかも判明していない。けれど、子孫はもうどうやれば同じものが作れるのかすらわからない有様なのだ。

技術全体で見れば、ごく小さなことかもしれない。しかし、ニルファには疑問の湧くことが多々あった。

「我々は、過去を知らなすぎるのかもしれない」

これが史実だと伝えられていることが、果たして歴史の全てなのか。ニルファは、こうした疑問にぶつかるたびに、突き詰めてみたくなる。

「おーい、ニルファ！」

「これは…殿下！」

塔にイシュクの声が響く。入り口を見下ろすとイシュクの姿があった。所長は大慌てで、失礼しますと頭を下げ、イシュクを出迎えに階段を駆け下りていく。

ニルファは、イシュクを見ていた。

ハーフェズ帝の葬儀は、五十日後に行われる。イシュクの身分はまだ皇子で、しかも喪に服している期間のため、軍服姿のままだ。

今回の即位は例外的だ。

貴重なヤーシャールの時期を優先して、葬儀の前に即位することになっている。

まず、世継ぎのためのヤーシャールを先行させ、五十日後の先帝葬儀を終えてから、皇女との婚儀を即位式と抱き合わせで行う。王宮は、皇帝を失った悲しみをひとまず横に置き、十五年ぶりのヤーシャールに全ての焦点を当てている。

イシュクに会うのは、薨去《こうきょ》の夜以来だった。イシュクは係官に案内されながら、台座に上がってきた。

「来ていたのか」

「…」

イシュクは以前と変わらず気さくに声をかけてくる。だが、もうすぐ即位する身分だ。

ニルファが静かに目礼を返すと、イシュクが複雑な表情で眉を顰める。

「……」

「…」

気を利かせた所長は、説明が必要な際はお呼びください…と言い残して下がっていく。台座にはふたりだけが残され、気づまりな沈黙が流れた。

「…アーファーリンのことは、助かった」

薨去の夜のことを指しているらしい。けれどニルファは、真っ先に皇女の名を口にされたことに、心がずきりとした。

「…いや」

――当たり前だ。彼女を娶るのだから。

アーファーリンはイシュクにとって、最も配慮せねばならない相手だ。

「あれから、ライリ殿が日参してくれてるだろう。アーファーリンには、心強いことだと思う」

「役に立てているのなら幸いだ。今後は、そちらにも状況を報告するように言っておく」

「……ああ。助かる」

「…」

ニルファは視線をそらすために、泉に目を向けた。伴侶の感情を案じているイシュクを見ているのが辛《つら》い。

――どうしてだ。

ニルファは、自分で自分の感情に驚いていた。イシュクの即位もアーファーリンのことも、大方《おおかた》予想のついていたことだ。

――わかっていたことなのに……。

イシュクの隣に皇女が立つ。現実が迫ってくると、考えていた以上に心が痛んだ。

――それを悩んで、どうするというのだ。

皇帝なのだから当たり前だ。何度もそう思うのに、政治のことより、この国のことより、イシュクが伴侶を得ることに動揺する。

イシュクがこの泉からアーファーリンを掬《すく》い出す。

伴侶として抱き、そして子を得るだろう。

アーファーリンに、イシュクが微笑みかける。自分に向けてくれたような笑顔を、彼女に向けるのだ。その光景を想像しただけで、押さえたくなるほど胸がズキズキと痛んだ。

――何故…。

何故こんなに苦しむのだろう。イシュクの即位は、自分も望んでいたことだというのに…。

「……」

顔をしかめないようにするのが精一杯だった。湧き上がってしまう醜い感情を消したいのに消せない。

「ニルファ…」

イシュクの声が背中からする。

「前に言った話を、覚えているか？」

「…なんのことだ」

「宰相職のことだ。今思えば不謹慎だったが、あの時言ったことは本気だ」

自分の即位と同時に着任してほしいと言われ、ニルファは感情を押し殺して表情を消し、イシュクのほうを振り返る。

――無理だ。

幸せそうなふたりの後ろで、皇女を見つめるイシュクの背後で、顧みられることなく佇《たたず》む自分がいる。きっとやってくる未来の姿に、苦しくて心が張り裂けそうだった。

気持ちが抑えられない。こんな状態で、ずっとイシュクの隣にいるなど、絶対無理だ。

「……悪いが、私にはできない」

「ニルファ…」

イシュクは驚いた顔をしている。

「何故だ」

ニルファは僅かに眉を顰めた。イシュクは、どうしても政務に関わってほしいと言う。

「役職が嫌なのか？」

「そういうわけではない」

言えるわけがない。

――アーファーリンを愛するお前を見るのが辛いだなど……。

馬鹿《ばか》げている。こんな理由を、誰が考えるだろう。

イシュクは、ただ役職を拒むことを訝《いぶか》しんでいる。

「補佐官のままがいいと言うのなら、それでもかまわない……ただ、俺はこの先お前の助言が欲しい」

「補佐官職は、陛下の時に拝命した役目だ」

「俺は継続してもらう気でいる」

「……私のような若輩より、もっと他の皇族たちの意見に耳を傾けるべきだ」

「ニルファ！」

イシュクはどこまでも自分を評価してくれる。

本当はそれに応えたい。イシュクの治世を支えるひとりでありたいと思っていた。

――だが、できない。

「若輩同士が結託したと思われては、他の皇族や貴族たちと衝突しかねない。無用な摩擦は避けるべきだ」

「ニルファ」

もっともらしい理屈を並べる自分は偽善者だと思う。ニルファはそんな自分を内心で嘲《あざけ》りながら、それでも体裁だけ取り繕った。

「私を支持していた貴族たちの反発については心配要らない。私が責任を持って新皇帝に服従させる」

――私にできるのは、そこまでだ。

宮廷を退《しりぞ》こう…と、唐突にニルファは決意した。

こんな気持ちを抱えて、この先イシュクとアーファーリンを見続けることができない。

――私は、こんな人間だったのか……。

もっと良識があると思っていた。

けれど、本当はいつも心のどこかにあった感情に気付いていたのだと思う。

イシュクが真っすぐ自分を見るたびに、その視線を受け止められずにいた。ずっと、この感情から目をそらしていた。

けれど、現実が迫る今、その感情が自分の胸を叩いてくる。

――私は、なんと愚かだったのか……。

イシュクに仕えたいなど、己の心をいいようにすり替えて、本心ではただイシュクを独占していたかっただけだ。

――同じ男で……。

自分は何をイシュクに求めているのだろう。

――有り得ない。

ニルファは想いを心の中に固く閉じ込めた。この感情は、決してイシュクに悟られてはならない。

「ヤーシャールは、ほぼ予測通り半月後に来るようだ。忙しくなるだろうが……あまり無茶はするな」

「……ニルファ」

痛む胸をこらえ、イシュクを見ないようにして踵《きびす》を返した。さも予定があるふりをして階段を下りる。背中に視線を感じるが、振り向くことはできない。

――私は、嘘つきだ……。

光り輝く、玉座に上ったイシュクを見たいと思っていた。イシュクの右腕になれれば、それが本望だと思っていた。

だが、それは全部嘘だったのだ。

今は、一刻も早くイシュクの手の届かない場所に行きたかった。そしてもう二度と、イシュクを見なくて済む場所に逃げ込むしかない。

ニルファは塔をあとにした。

◆◆◆

ムスターク家の城に戻ったニルファは、手早く身を退《ひ》く準備をした。発言力の強い実父に会い、今後イシュクが新政権を組閣するにあたり、諍《いさか》いを起こさないで済むよう協力を要請しておく。

「……それで、お前自身はどうするのだ」

父親はムスターク家の長《おさ》としても、皇族としても強大な影響力を持っている。息子を即位させ、外戚としてさらに権威を持つ野望はあっただろうが、情勢が読めないほど愚かではない。

おそらく、かなり前からイシュクが後継者となるだろうとわかっていたようだ。さほど驚いた風でもなく、ただ息子の身の振り方だけを聞いてきた。

「私は、ソルの神殿に得度しようと思っております」

ニルファに似た、青味がかった瞳が軽く見開かれる。老ムスターク侯は、居間の椅子《いす》に腰かけていたが、無意識にひじ掛けを強く摑んでいた。

「……儂《わし》は、この機に合わせて家督をお前に継がせることも考えていたのだが」

「私が後継者に選ばれた場合を考えて、ライリの婿をどこからとるか、お考えだったかと思います。ムスターク領は、ぜひライリとその伴侶にお与えください」

長女のライリに家を継がせるために、胎后の選出から外してあったはずなのだ。

「……」

父親は渋い顔をしている。

白銀に変わった髪に、皺《しわ》のある目元。面差しは似ているが、あまり親子という感覚はなかった。乳母と教育係に育てられたからかもしれない。

ニルファは、静かに自分の考えを伝える。

「もともと、研究に専念できたらと願っておりました。皇帝陛下の薨去を受け、補佐官の任を解かれる今が、よい機会ではないかと思ったのです」

首都の学術機関では、おそらく簡単に政治の場に引き戻されてしまうだろう。二度と王宮に戻らないようにするためには、物理的に離れる必要がある。

「神殿には、古代の遺物が眠っております」

「神殿は、いわば墓守だ。遺物が眠っているのではなく、あの場所自体が遺物なのだ」

「私はその遺物を研究したいのです」

　酔狂なことを…とムスターク侯は呟き、こめかみを押さえた。

「何も、即位できなかったくらいで、世捨て人になることはあるまい。イシュク殿下はお前を閑職に追いやったりはしないだろう。お前の見識と経験をもってすれば宰相職も…」

「父上」

　世間からすれば、後継者争いに負けて逃げるように見えるだろう。けれど、どう思われてもいい。

「それでは、諍いの種を持ちこすだけです。父上も、私とイシュク殿下のどちらにつくかで、貴族たちが反駁《はんばく》しあっていたのはご覧になっておられたでしょう」

　皇帝と宰相として並び立てば、再び勢力争いになる。年若い皇帝を擁立するにあたって、それは危険だともっともらしい名目を挙げた。

　――我ながら、屁理屈《へりくつ》だけはすらすらと出てくるな。

　自分の小賢《こざか》しさに内心で呆《あき》れたが、そんな感情はおくびにも出さず、淡々と説得する。

「私が得度するのが一番です。神殿は最も政治的影響力が少ない」

　父に指摘されなくても、神殿が過去の遺物だというのはわかっている。太古の神を祀《まつ》っているだけで文化的な価値しかなく、維持しているのは、こうして都合よく皇族を落飾させることができるからでしかない。

「幸い、あの神殿の司祭はムスターク家ゆかりの方だと伺っております」

　神官になれば、二度と俗世に交わることはない。

あの辺境の神殿で一生埋もれることになるが、その代わり、誰にも振り返られることのなかった太古の遺跡を存分に調べることができるだろう。ある意味、やりたかった夢が叶《かな》う。

「どうぞ、宮廷のことをよろしくお願いします」

　許しを得るのではなく、決定事項として言い渡し、ニルファは部屋を出ようとした。

「……陛下は、最後までそなたを後継者にと望んでおられた」

「父上…」

　ムスターク侯は、革張りの椅子に身を沈めたまま、惜しむようにニルファを見ていた。

「ザッラード家が、イシュク殿下の御徴の大きさを訴えてやむなくあちらの皇子に決まったが、それでもお前を惜しんでいた。胎后のうちのひとりは、お前に下賜するつもりでいたのだ」

「……」

　ありがたい気持ちはあるが、心は動かなかった。

　どれほどの財や権力を与えられても、それは自分の欲しいものではない。

　――私が…望んだものは……。

　ニルファはそっと眉根を寄せる。己の歪《ゆが》んだ願望は、自分でも許容できない。

　同性に焦がれるなど、あってはならないのだ。たとえ、相手が自分を受け入れてくれたとしても。

「…ご期待に沿えず、申し訳ございません」

　理由は異なるが、不肖の息子であることに違いはない。ニルファは頭を下げ、静かに部屋を出た。

　ごく僅かな私物だけをまとめ、ニルファは翌々日にムスターク家を出た。話が広まって、イシュクに出奔が伝わってしまうことを恐れたからだ。

　ソル神殿は、ムスターク家所有の空挺でおよそ五時間ほどかかる場所にある。国境の崖が近く、周囲はなだらかな起伏のある丘陵に囲まれていた。

「……」

古めかしい石造りの神殿は、聳える崖に埋もれるように建っている。

——崖とは、随分高いものだったのだな。

城から見下ろしていた時と、下から見上げるのとではだいぶ違うものだ…と思いながら、ニルファは門を叩き、神殿に入った。

◆◆◆

数日が過ぎた。

ノックの音がして粗末な木扉が開き、写本室に神殿の司祭、ナヴィダルが入ってきた。

「まったく、貴方が来てから、神殿は開闢《かいびゃく》以来の賑《にぎ》わいですよ」

「司祭殿…」

ニルファは写本台から目を離して振り向く。服装はすでに皇族のそれではなく、長い、ゆったりとした足元までの僧衣だった。

シルエットが大きく丸いナヴィダルが、壁沿いにある木製テーブルに置いたポットを手にする。

「手を休めてお茶でも召し上がられませんか。朝からずっと根を詰めておいででしょう」

「恐れ入ります…茶は、私が淹《い》れます」

立ち上がって替わろうとすると、ナヴィダルはプラチナの髪を揺らして笑う。ふっくらした体型だからなのか、男性にしては奇妙に声が高くて細かった。

「とんでもない。御徴のある皇子の手を煩わせるなど…私が淹れますよ」

得度した以上、俗世での身分は関係ないのだが、ナヴィダルは最初からニルファを貴賓扱いしていた。

熱い湯をポットに注ぎ、茶葉が開くのを真剣に睨みながら、ナヴィダルはおしゃべりを続ける。

「内務大臣、研究所の役人、伯爵家からふたり…午前中だけで四人も来られました」

「お手を煩わせて恐縮です」

「まあ、とんでもないことです。私は決してそんなつもりでは…」

　ナヴィダルは顔を上げて、慌てて手を振る。リアクションがどことなく婦人めいている。

「むしろ、嬉しいのですよ。なにせ、ここは宮廷の皆様に忘れ去られた場所ですからね。私なんて、大臣にお会いしたのは三十五年ぶりです」

「…」

　ナヴィダルは、うきうきとした表情を隠さない。

「私が出家させられたのは、十歳の時でしたからね。宮廷は、きっともう私がいた頃とはまるで変わってしまったことでしょうけれど」

　ナヴィダルは皇族の子だった。だが、御徴のない皇子は、長子以外あまりいい人生を歩めない。イェクターに影響できなければ、領地に住む意味がないため、その多くが官僚になる。

　そうではない人生のひとつが、ナヴィダルのような出家だ。

「お砂糖はいかが？」

「けっこうです」

「そう…」

　ナヴィダルはつぶらな目をぱちぱちと瞬《まばた》きし、慎重にお茶を注ぐ。彼にとって、美味《おい》しい茶を淹れるのは、この上なく大事なことなのだ。

「さあどうぞ」

「ありがとうございます」

　ナヴィダルは嬉しそうにティーカップを差し出し、ニルファは大人しくお茶に付き合った。

　部屋は今まで住んでいた宮殿の、寝台ぐらいの広さしかない。

　硬化していない、そのままの木材を使った窓枠。

石灰を固めたシンプルな壁。石を敷き詰めた床。椅子もテーブルも木でできていて、ニルファにとっては初めての環境だった。

けれど、不思議と居心地は悪くない。

何かとかまいにくるナヴィダルも嫌ではなく、ひそひそと噂《うわさ》をする宮廷の貴族のほうがよっぽど鬱陶《うっとう》しかったと思うくらいだ。

「僧服がとてもお似合いだわ…」

ナヴィダルが、向かいの椅子に腰かけてうっとりと首を傾けている。

「そうでしょうか」

「ええ…神殿に来られた時の、身体の線がぴったりと出る正装も素敵でしたけれど、そうやってゆったりと布に隠されているほうが、貴方の品のよさが引き立ちます」

「……」

どう答えたものか、ニルファもさすがに言葉に詰まる。だが、ナヴィダルはあまり相手のことを気にしないタイプだった。よくも悪くも空気を読まず、自分の世界だけを追いかけているらしい。

「急なお越しだったから、フード付のものしかご用意できなくて申し訳なかったのだけど」

「私は、これで満足しております」

後ろにフードが付いている僧服なので、襟元はたっぷりと布が重なっている。

袖もやや長く、裾は床に触れるか触れないかの長さで足先は見えない。染めのない白絹で、繭《まゆ》から紡いでいるという古めかしい製法だ。

神殿は、何もかも六千年前からの暮らしを守っているのだそうだ。驚くことばかりだが、ニルファはこの選択をよかったと感じていた。まだ、神殿に来て十日ほどしか経っていないが、ここの暮らしはとても性に合っている。

――――穏やかな気持ちだ……。

神殿の神官たちは、皆快く迎えてくれた。

　ここではどんな世俗の争いも持ち込まれない。ただひたすら古代の神とともに、心静かに日々を送る。

　神官も彼らの生活を支える下男たちも、帝国の誰もが忘れてしまった太古の暮らしを途絶えさせないためだけに、わざわざ不便な生活をしていた。

　布も食料も、茶葉すら自給自足なのだ。神官と下男の大半は日々の糧を得るために畑を耕し、ナヴィダルのように身分の高い者は、神殿に保管されている貴重な資料を修復、復元する作業を日課としている。

　写本室は、そうした古い植物や動物の皮でできた書物の傷み具合をチェックして、修復するためのところだった。

「私にとっても、ニルファ様がお越しくださったのは、とてもありがたいことなのです。この神殿にある御物の管理を、私だけでやっていてはとても終わらないのですもの」

　寿命がいくらあっても足りない…とナヴィダルは小さく見えるカップを摘《つま》んで茶をすする。

「本当に……貴方のような方がお越しくださるのを、心から待っていました。この神殿に埋もれている御物の価値が理解できて、かつ、それをきちんと解読できるだけの能力がある方がいらしてくださるなんて」

　神殿が所蔵している資料の全貌は、神殿自身でも把握できていないのだという。

「困ったことに、神殿に閉じ込められる皇子たちは古語のひとつも学んでこないのですよ。かといって、こんな鄙《ひな》びた神殿に働きにくる下男は、貧村の口減らしだけですし…彼らには字を教えるところからやらなければいけないんです。危なっかしくて、とても御物を触らせるわけにはいきません」

　ニルファは適度に相槌《あいづち》を打っていたが、この話には少し違和感を覚えた。

――スィミンは、無学には見えなかったが…。

神殿に入ってから、ニルファには専任で世話をする下男が付けられた。

スィミンという名で、少し長めの黒髪と黒い瞳の、穏やかな若者だ。口数が少なく、ほとんど話をしたことはないのだが、手際がよく、いちいち言わなくても察して先回りしてくれるので、ニルファはとても助かっている。

ニルファが考え込んでいる間も、ナヴィダルはおしゃべりをやめない。

「大切なものは、みな神様に捧げられたのです。だから、ここはあらゆる時代の貴重な文物ばかりが納められているの」

神殿ができたのは、メフ・ルダードの建国より前だ。まだこの国がいくつもの古代国家に分かれていた頃で、古《いにしえ》の人々は、本気で神の存在を信じていた。

神殿でしか生きられない司祭の贔屓目《ひいきめ》もあるが、彼の言い分は間違っていない。

神殿の地下に納められている膨大な宝物は、この場所が聖域であるがゆえに戦火を免《まぬが》れた。王朝や国が亡《ほろ》ぶ時は、最後の託し先として記録や書物が運び込まれている。つまり、とっくに滅びたいくつもの国の御物が保管されているのだ。

「私も、もうここで何十年もリストを作っているけれど、まだ地下の全てを把握できていません」

まったく、誰もやらないんだから…とナヴィダルは憤慨気味だ。

ニルファは、それを面白いと思って見ていた。放っておくとどんどん言葉尻が性別不明になっていくが、ナヴィダルは明らかに歴代の司祭とは違っているのだと思う。

神殿の長は、皇族で落飾した者が就く名誉職だ。中には形だけ継いで神殿では暮らさず、私邸を持った者もいたという。誰も、この遺物に埋もれて過ごしたがらなかったのだ。

　そういう意味では、少々変わり者だがナヴィダルは本当に古代の御物を大切にしているし、きちんと価値を理解して、保存に力を注いでいる。そういうところは、見た目を抜きにして好感が持てた。

――よい場所を得た。

　苦しさに負けての選択だったが、今は得度してよかったと思う。それに、後継者争いのことがなくても、いずれ自分の伴侶問題が出る頃には同じ選択をした気がする。

　胎后を下賜される予定だったと聞いても、心が動かなかった。それだけではない。どんな女性も、自分の心に響いたことがない。

――……。

　今まで、それは単に自分が性的なことに淡泊だからだと思っていた。けれど、改めて考えるといかなる伴侶も欲しいとは思えず、どんな人が好みかと考えると、イシュクしか浮かんでこない。

「…」

　なんということだ…と、ニルファは苦く内心で溜息をつく。

　初めて自覚した時の動揺はもう収まった。けれど、未だに気持ちを捨て去ることはできない。

――一生…引き摺《ず》るのだろうな。

　たったひとりしか、好きになれなかった。

　でも、世俗を捨てたおかげで、かえって安心してイシュクを想うことができた。

　もう、隠さなくてよいのだ。ここなら誰にも姿を見られることがないのだから、心の中で彼を想い続けることが許される。

　ほっとした気持ちだ。自分が、いつも心のどこかで怯《おび》えていた感情を、ようやく認めることができた。

――好きだったのだ……。

イシュクのことが好きだった。友としてではなく、ひとりの男として惹かれていた。

「…」

この想いは認めてはいけないと、イシュクに惹かれるたびに心のどこかが罪悪感を覚えて、気持ちを閉じ込めた。

同じ性を持つ相手を愛する。もし自分がそんな感情を持っているとイシュクに知られたら、どんなに嫌悪されるかわからない。

自分を評価してくれるイシュクに失望されるのが怖くて、彼にそんな感情を抱いていると知られるのが恐ろしくて、いつもいつも、己の感情を露わにしないように心がけてきた。

きっと、誰も気付かなかっただろう。押し殺しすぎて、自分で自分の心さえ騙《だま》せていたくらいだ。

周囲の人々が得度の本当の理由を知ったら、きっと笑う。たかが恋ぐらいで、しかも男を愛して宮廷人生を捨てるとは…とニルファも自嘲する。

――だが、あれ以上は耐えられなかった。

もう、自分の感情に気付かないふりはできなかった。イシュクに焦がれる想いを持ったまま、平然と演技をして、皇女の夫となる姿を見続けることはできない。

神殿に来られて、自分は救われた。

――ここで想うだけなら自由だ。

自分の感情を許すと、イシュクへの気持ちが溢れてくる。イシュクの姿ばかり思い出して、自分でも、こんなに好きだったのかと驚いたほどだ。

イシュクが豪胆な笑みを見せる。イシュクの低く心地よい声が耳に甦る。

少し唇の端を上げる、魅惑的な微笑。空挺からひらりと飛び降りる時のしなやかな身体。風になびく黒髪。揺らめく金色の瞳。

――ずっと、知らないうちに見ていたのだな。

　ある場所まで来ると、その姿にアーファーリンが重なって心が苦しくなる。夢想はそこで終わりだ。けれど、この甘い痛みを止める気になれない。ようやっと、思う存分イシュクのことを考えてよい場所に来たのだ。あの笑顔を、もう少しだけ噛《か》み締めていたい。

「あら、私ったら、長々お邪魔しすぎてしまったわ」

　沈黙に、ナヴィダルが気を遣って茶を片づけようとしている。ニルファは笑みを刷《は》いて司祭のティーカップを受け取った。

「いえ、すみません。ここに来てからぼんやりとすることが多くて」

「まあ…お疲れなのかもしれませんね。まだ来たばかりなのに、私が色々とお願いしてしまったから」

「いえ、御物に触れる機会があるのは、ありがたいことです」

「いえいえ。甘えてはいけませんでした。古語ができる方がいらしたから、嬉しくてつい調子に乗ってしまって…」

　恐縮されている時、扉を叩く音がした。

「恐れ入ります。ニルファ様にお客様がおみえで…」

　下男のスィミンの声だ。

「まあ、またなの」

　世俗の面会は、全て司祭に断ってもらっている。ナヴィダルがいそいそと代理の面会をしようと立ち上がった。

「どなたかしら」

「それが……」

　なかなか扉を開けないことを不思議に思っていたら、ナヴィダルが取っ手を引いた瞬間、赤いフード付マントがひらめいて、部屋に突入してきた。

「ニルファ様！」

「…殿下」

　皇女は走り込んできて、ニルファに取りすがった。

皇女は泣きじゃくり、同情したナヴィダルが椅子を勧めて、ニルファは不本意ながらアーファァーリンを受け入れることになった。

狭い部屋にはニルファとアーファァーリン、ナヴィダルがいて、下男のスイミンは厨房《ちゅうぼう》から湯とカップを取ってきて、三人に茶を淹れる。

その間も、アーファァーリンは泣きどおしだ。

ニルファは、こういう状態の女性にやや苦手な意識があるのだが、ナヴィダルはいたく感情移入しているようで、しきりに慰めている。

「大丈夫ですよ、皇女様。誰が来ても、私が治外法権を盾に追い返してやります」

「それはなりません、司祭殿。殿下は、もうすぐ嫁がれる大事なお立場です」

「やめて！」

アーファァーリンはぎゅっと腕を摑んできた。

「私はニルファ様と結婚するの。お父さまは約束してくださったのよ。本当なのよ！」

「殿下…」

アーファァーリンは、大きな瞳から大粒の涙をこぼした。

「みんなの前では言っちゃいけないって言われたから、約束を守っていただけよ。お父さまは、ニルファ様をお婿さんにしてくれるって言ったわ」

ぼろぼろと泣くアーファァーリンに、司祭はハンカチを渡す。話が見えないからだろう、どうして…という顔をニルファに向けた。

ニルファは、僅かに眉根を寄せる。せっかく心穏やかに過ごせるようになったのに、何故彼女はわざわざ傷を抉《えぐ》りに来るのか。

「ご婚儀を定められたのは、陛下です」

「嘘よ」

それまでの泣き方はなんだったのかと思うほど、アーファァーリンは低く否定した。

「あの人が、勝手に言い出したんだわ。自分が皇帝になりたいからって…」

「殿下。それは違います」

「違わないわ！　お父さまが嘘をつくはずがない。絶対、あの人がみんなを騙しているのよ」

可愛《かわい》らしい顔立ちに、神経質な苛立ちが見える。こんな風に頬を震わせて、鬼気迫る眼をしたアーファーリンは初めて見た。

——皇帝陛下の薨去が、心身に負担をかけているのかもしれない。

成人したとはいえ、両親ともに失った一人娘だ。心細さは相当だろう。ニルファは興奮して宙を睨んでいるアーファァーリンの手に触れた。

「殿下。陛下は、誰よりも殿下を大切にしてくれる相手を選ばれたのです」

本当は、アーファァーリンのことが羨《うらや》ましくてならない。

——貴女は、イシュクの隣にいられるのに…。

誰に非難されることもなく、正当にイシュクの伴侶となれるのだ。それを思うだけで、心の中に醜い感情が生まれそうになる。

けれど、アーファァーリンに罪はない。

——彼女も、自分の意志で選んだわけではない。

自分の恋がままならないように、皇女もその身分ゆえに、自由な恋愛はできない。いくら自分を慕ってくれていても、それに応えることはできないのだ。

叶わぬ想いは同じなのかもしれないと思うと、羨む心より、励ましてやりたい気持ちのほうが勝る。

アーファァーリンに、この婚儀を苦しいものだと思ってほしくない。そして、イシュクのよさを伝えたかった。

自分の愛した相手を、嫌ってほしくない。

「イシュク殿下は、一見すると荒々しく見えるかもしれませんが、とても細やかな気遣いができる方です」

皇女にあまり近づかなかったのも、自分が嫌がられているとわかっていたからだ。

「ご自分が顔を見せるより、女性のほうがよいだろうと配慮しているから、ライリに見舞わせているのです」

一番辛い時に立ち会ったせいか、アーファーリンはライリに心を寄せている。ニルファは、ライリに新皇帝への報告も義務付けていた。

アーファーリンは怪訝《けげん》な顔をしている。

「…どうして……。あの人は、ライバルだったんでしょう？　ニルファ様は、私があんな人のお嫁さんになってもいいの？」

「殿下……私とイシュク殿下は、別に何か争っていたわけではありません」

「うそ…だって、皆は」

「周囲は勝手な風評をしましたが、私とイシュク殿下は……よき友人です」

恋敵に、自分は友人でしかないと念を押す。自分で自分の言葉が胸に刺さって痛い。

けれど本当のことは、絶対に言えない。

「イシュク殿下のお人柄は、私が保証します」

精一杯の言葉で説得したが、皇女は聞いている風もなく、思い詰めた顔をする。

「もう時間がないのよ。ヤーシャールは明日の夜だって言われたわ…」

「ヤーシャールですって！」

ナヴィダルが目をぱちくりさせて口元を手で覆う。

「まあ、では泉の水が……？　それは大変」

皇女はニルファを見上げる。

「私もここで暮らすわ。だから、私と結婚して」

「殿下、ここは女人禁制です」

司祭が認めてしまったから部屋に入れただけなのだ。けれどアーファーリンは聞き入れない。

「私はニルファ様のお嫁さんになりたいの！　あんな人、大っ嫌いよ」

ニルファは溜息をついた。いくら甘やかされてきたとはいえ、もう成人した姫君だ。帝国の仕組みがどんなものか、わからないはずがない。なのに何故我儘《わがまま》を押し通そうとするのか、理解できない。

「殿下、たとえここに残られても、私と結婚することはありません」

「どうして！」

「私は出家したのですから」

もしどうしても世を捨てたいのなら、尼僧の守る神殿がある。そちらに送ると言うと、アーファーリンは床に泣き崩れた。

「ひどい！　ひどいわ…どうして……お父さまは約束してくれたのに……！」

「…」

「皇女様…」

わっと突っ伏して号泣するアーファーリンに、司祭がそっと床に屈《かが》みこんで労《いたわ》った。

ニルファを見上げながら提案する。

「しばらく、そっとして差し上げましょう」

さりげなく退出を促され、扉を開けるとナヴィダルも一緒に出てくる。

廊下で声を潜められた。

「宮廷には連絡を入れておきます。落ち着いたら、城まで送らせましょう。スイミンはパルフを操縦できますからね」

しばらくそばに付いているからというナヴィダルに、ニルファは軽く頭を下げる。

「申し訳ございません」

「いいのよ。皇女様も、ヤーシャールと聞いて動揺していらっしゃるのでしょう。女性にとって、一生をかけた大事ですからね」

「おっしゃる通りです。皇女殿下にはまだ時期が早いのではないかと、皇帝陛下も案じておられて…」

だからなかなか伝えられず、かえって本人には急な宣告になってしまった。事情を話すと、ナヴィダルは何度も頷いた。

「落ち着くまで、お話を聞いて差し上げようと思います。気持ちを吐き出すと、楽になるんですよ」

「よろしくお願いします」

ナヴィダルは適任のような気がした。女性の心を汲みやすいし、きっとアーファーリンの気持ちに寄り添ってくれるだろう。ニルファは皇女のことを司祭に任せ、代わりに地下の書物庫へ向かった。

彼女が帰るまで、あの部屋には戻れない。

薄暗い石の回廊を通り、中庭を抜けると、写本室とは反対側の棟に、地下への入り口がある。


外はもう夕暮れだった。

「……」

きらきらと、霧が黄金色に輝いている。ニルファは、しばらく中庭から見える外の様子に見入った。

硬化をしていない剝《む》き出しの崖は、岩の間から木々や草が茂り、大きく葉を広げている。

上に行くほど光を受けて色とりどりの花が咲き、ピンクや黄色、オレンジのこんもりした花溜《だ》まりになっている。

地表は、いたるところから地熱で蒸気が噴き出していた。温かい蒸気は常に上昇して樹々《きぎ》の葉を濡らし、光を散乱させる。

国土は、どこも似たような環境だ。大地のあちこちから水蒸気が発生していて、低く雲のように広がり、豊かな緑を育む。

ニルファは特に、黄昏《たそがれ》時の霧が好きだった。水蒸気の雲に反射してやわらかく光がまわり、世界が眩《まぶ》しく見える。

宮廷や、政治に絡む醜い争いなど、嘘のようだ。

特に、いつも上からしか見たことのなかった景色が地続きで広がっているのは、圧巻だ。

だが、見入っていた時、靄《もや》の向こうに見えた人影に気付き、ニルファははっと身体を強張《こわば》らせた。

――イシュク……。

すらりとした長身のシルエットに、銀のマント。

間違えようがないほどはっきりしていて、ニルファは動揺した。

――何故、ここに……。

とっさに、見つからないように地下書庫のある棟へと身をひるがえす。

――きっと、皇女の捜索だ。

早く、地下へ入ってしまわなければと焦る。イシュクが皇女を連れて帰るまで、そこに潜んでいよう。

そう思って重い取っ手を引いた。


タイル敷きの小さなフロアに、地下へ行く薄暗い階段が見える。射し込んだ光に塵《ちり》がきらきらと舞い、さらに後ろから駆けつけてくる足音がした。

「ニルファ！」

「！」

ビクッと肩を竦《すく》ませ、ニルファは後ろ手にバタンと木扉を閉めて閂《かんぬき》をかけた。

――何故……。

心臓がバクバクする。嬉しいのか、苦しいのか、恐れているのかもわからない。

背後で扉を叩く音が響く。

「ニルファ！　俺だ！」

鼓動が激しくなる。何を緊張しているのかわからないけれど、動けない。扉の向こうにイシュクの気配がして、ニルファはぎゅっと目を瞑《つむ》った。

「……どうして、俺に何も言ってくれなかったんだ」

――イシュク…。

「どんな理由でもいい。黙って世を捨てる前に、俺に話してくれれば…」

言いかけた言葉が力を失っていく。

「俺には……そんな価値もなかったのか」

「違う、そうではない」

「ニルファ…」

苦悩を滲ませたイシュクの声を無視できず、ニルファは思わず返事をしてしまった。

扉の向こうは、自分の声を聞きとろうと意識を研ぎ澄ませている。ニルファは、気配を感じるだけで胸が熱くなった。

「ここを開けてくれ」

「……」

「頼む。直接話がしたい」

「…」

「ニルファ！」

――皇女を探しにきたわけではなかったのだ。

開けてくれという言葉を無視しているのに、イシュクは扉の外から立ち去らない。

沈黙が続き、古い扉の隙間から射し込む光が、ゆっくりと輝きを失っていく。

イシュクの静かな声がした。

「俺は、お前が皇位など望んでいないと知っている。周りが何を言おうと、得度の理由はそれじゃないはずだ」

「…」

「俺が、何かお前の気分を害するようなことをしていたら、謝る」

戻ってきてくれ、という懇願に応えられない。

「明日、即位する。こんな気持ちのままで別れるのは嫌なんだ」

「…お前のせいじゃない」

「じゃあ何故！」

それが言えたら、こんなに苦しんだりしない…。

ニルファは俯《うつむ》いて唇を噛み締めた。

「……俺は」

押し殺したような声がする。

「俺は帝位など欲しくはない。俺が欲しかったのはお前だけだ」

薄闇の中で、ニルファは目を見開いた。

「お前さえいればよかった。ふたりでこの国を治められたらと思っていた」

「………」

イシュクの言葉が胸に苦しい。

——嬉しいのに……。

名を呼ばれるだけで胸が詰まる。けれど、乞《こ》われれば乞われるほど、それは決して自分の想いとは重ならない。

イシュクは、政治の片腕としての自分しか見ていない。

——だが、私は……。

「どう頼んでも、理由すら教えてもらえないのか…」

イシュクは、答えを待っていつまでもそこにいる。

ニルファは揺れる声を振り絞った。

「……すまない」

イシュクのせいではない。イシュクが詫《わ》びることは何もないのだ。

黄金のきらめきが消えうせ、外はゆっくりと夜に包まれようとしている。

「……俺にはわからない。俺たちは、こんなに簡単に終われる関係だったのか？」

——イシュク…。

心をぎゅっと押し潰されたような気がする。

イシュクを苦しめたいわけではない。

——だが…。

一度でもあの眼を見てしまったら、自分はもう心を偽ることはできないだろう。

光の消えた世界は静かで、しんとしている。

ニルファは、扉の向こうの気配に息を潜めた。僅かな身じろぎすら、相手に伝わってしまいそうだ。

「俺は…………」

沈黙があたりを緊張させる。低く抑えた声が、何かを決心したように告げた。

「……お前を愛していた」

「！」

「どう思われてもいい。こんな終わり方をするぐらいなら、俺は心を偽らない」

心臓が早鐘を打つ。イシュクの声は自嘲を帯びた。

「軽蔑してくれてかまわない……けれど、これが俺の本心だ」

――イシュク……。

反射的に足が動き、片手は閂を開きかけた。けれど、宮廷人として生きてきた常識が、自分の行動を止める。

――駄目だ。

イシュクはこれから皇帝となるのだ。こんな話が、たとえ僅かでも流れたらイシュクの治世の汚点となってしまう。

――彼の人生を穢してはいけない。

「……」

目頭に熱いものが込み上げてきて、ニルファは不覚にも涙をこぼした。

イシュクは、自分の人生をかけて告白してくれたのだろう。もしこれが一介の皇子だったら、皇族としては終わってしまうほどの醜聞だ。

だからこそ、踏み出してはいけない。今、自分の気持ちを告げてしまったら、ふたりともあと戻りできなくなる。

――お前は、皇帝になるんだ。

他に後継者はいない。唯一の御徴を持った皇子の未来を閉ざしてはいけない。

「……駄目か」

諦めたような苦笑が漏《も》れ聞こえた。

――違う……。

胸が痛い。そして妙にからりとしたイシュクの声がする。

「まあ、こんな話をされても困るよな」

苦さを笑みで無理やり消したような響きだ。

「元気で……ニルファ」

――イシュク！

立ち去る足音が速い。あっという間に消えて、あたりには葉擦れの音だけが残った。

「……」

なんの気配もしなくなってから、ニルファは門を外し、古い木戸を開けた。蝶番《ちょうつがい》が軋《きし》む音を立て、ひんやりと夜の湿った空気が流れ込んでくる。

もう、イシュクの姿はない。

目を凝らしても、王宮のような灯りはない。ぼんやりとした薄闇が広がるだけだ。

《愛していた》

決して、手に入れてはいけない想いだ。どんなに欲しくても、皇帝となるイシュクと、同性と向き合うわけにはいかない。

なのに、告げられた言葉が、今になって心に突き刺さる。

「…イシュク…………」

どうして扉を開けなかったのだろう。どうして走って追いかけなかったのだろう。込み上げる感情に胸を押さえながら、ニルファは動かなかった自分に後悔した。

「っつ……」

今さらもう遅い。時間は巻き戻せない。なのに涙が止まらない。

――どうして、私は……。

何故自分の心に素直になれないのだろう。いつもいつも、立場や外聞ばかり気にして、自分の心を隠してばかりいる。

――イシュクは、心を曝《さら》け出してくれたのに…。

同性の愛など、口にしただけでも非難を浴びる。

それに、相手に拒まれるかもしれないと思ったら、自分は怖くて絶対に言えない。

けれど、イシュクは捨て身で告白してくれたのだ。

――私も、愛しているのに……。

どうして手を伸ばせないのだろう。本当に好きなら、傷だらけになっても、泥にまみれても取りに行くべきだったのに、何故自分はできないのか。

――私は…臆病者で、卑怯《ひきょう》者なのだ……。

こんなに焦がれるくせに、肝心なところで怖がって動かない。イシュクはもう、二度とここには来てくれないだろう。これで一生、彼に会うことはできなくなったのだ。

「う……」

嗚咽《おえつ》を上げそうになる口元を、両手で押さえる。

指の間をいく筋も涙がこぼれて、歪む視界で懸命に消え去った向こうを見つめ続けた。

――会えないのだ…。

自分に向けられた微笑みが甦る。思い出に浸るだけでいいと思っていたのに、つい先刻の声音が、脳裏に響いて胸を締め付けた。

「……っ……っぅ……」

もう取り返せない今になって、耐えられないほど恋しい。

「イシュク……」

苦しくて呼吸ができない。ニルファは扉にすがるように蹲《うずくま》り、破れそうな胸の痛みをこらえた。

その時、鋭い痛みが首の後ろを襲って、ニルファは顔を上げられないまま意識を失った。


「……ぅ」

鋭い痛みが首に走り、ニルファは呻《うめ》くだけで目が開けられなかった。

　何が起きたのかを確認しようと、顔をしかめながら手足を動かそうとするのだが、身動きができない。首の痛みに意識が行ってしまったが、気付くと身体のあちこちが痛かった。

——なんだ…？

　痛みだけではない。ひどく身体が重くて、まるで半分眠ったように身体の自由が効かない。それでも精一杯身体を動かし、張り付くような重い瞼を開けようとする。

——アーファーリン……？

　焦点の合わない視界で、皇女は歪んで見えた。アーファーリンの細い声が怒りで震えている。

「友だちだなんて、嘘つき……ふたりとも、私を騙してたんじゃない」

——違う！

「許さない……一生許さないから！」

「…ぅ……」

　違うのだ。イシュクは関係ない。ニルファは必死で声をあげたが、自分が話せていたかどうかは、よくわからなかった。

次に目を覚ましたのは、眩しい部屋だった。場所は特定できなかったが、近代的な明るさは神殿ではないとわかる。今度は視界が戻っていて、相変わらず身動きは取れなかったが、ニルファは視線を巡らせてあたりを観察した。

——王宮か…？

　白い床に敷かれた深紅の絨毯。薔薇模様の天幕、燭台も可憐な装飾で、貴人の部屋にしかない水路が引かれている。ニルファは、そこがアーファーリンの私室だと見当をつけた。

「…っ……」

無理やり首をひねってみると、身体はまるで荷物のようにひとまとめにくくられている。

膝を曲げた状態で胴に付けられて縛られ、腕は後ろにまとめられていた。ご丁寧に、肩から折った膝、背中側へも別な紐でぐるぐる巻きにされていて、向きを変えることもできない。

――何故……。

紐は、よく見ると神殿にある麻布を裂いたものだ。敷布などに使っているものを、繋げて長くしているのだろう、あちこちに結び目が当たって痛い。

「…」

わけがわからなかった。ここが王宮だとしたら、移動の間も記憶がない。いったい、意識を失ってからどのくらい時間が経ったのかもわからなかった。

「…！」

見たことのない侍従服姿の男が、自分を見下ろしている。

――誰だ？

「何をする！」

いつの間にか侍従が増え、ニルファは縛《いまし》められたまま身体を揺すって抵抗した。

「貴様ら、何者だ！」

男たちは一言も声を発しない。ニルファのやめろという声は、途中からくぐもった。顔を押さえられて布を押し込められ、猿轡《さるぐつわ》をかけられる。

「これは、ふたりして私を騙した罰よ」

――アーファーリン。

声のしたほうを目だけで必死に追うと、皇女の姿が視界に入った。アーファーリンは神殿に来た時と同じ、赤いフード付のマントを被《かぶ》っていた。

轡をかけられ、睨む以外に術《すべ》はない。アーファーリンも見たことのない表情でニルファを睨んでいる。

「次に目を覚ます時はヤーシャールよ。后に逃げられた皇帝として、ふたりとも大恥をかけばいいわ」

「！」

「輿《こし》に入れて！」

縛られたまま抗《あらが》ったが、侍従ふたりは蹲るような姿勢で縛られたニルファを抱え上げ、水路へと運ぶ。

水路の上には、丸い金の鳥籠を大きくしたような輿があった。

見たことはなかったが、それは儀典用のパルフではないかと思う。

女性が中で座ってちょうどくらいの高さと広さで、縛られたニルファは、底面いっぱいに張られた絹の座面に転がされた。

「…っ……」

待て、という声が出ないまま、強い香草を染み込ませた布を顔にあてがわれる。これを吸ったら終わりだ、とニルファは必死で息を止めたが、身じろぎひとつままならない緊縛状態だ。

ついに逆らうことができず、呼吸とともに、深く眠り薬を嗅《か》がされる。

——何故……。

鳥籠のような輿は、全体が金の透かし模様になっている。だが、模様は細密で、中から外を窺い見ることはできるが、暗い輿の中は、きっと外からは見えない。

このまま眠らされたら、きっと誰にも気付いてもらえないだろう。危機感を募らせながら、ニルファは、霞《かす》んでいく視界でかろうじて黄金の扉が閉まるのを感じた。

遠くで水路の波音が聞こえ、やがて意識が遠のいた。

◆◆◆

帝国に受胎夜《ヤーシャール》が訪れた。民のほとんどは今夜がその日とは知らされていない。

神聖なる儀式に立ち会えるのは、皇帝の血に連なる者と、限られた貴族だけだった。彼らはもう泉の間で皇帝の到着を待っている。

皇帝が執政に出る際の控えの部屋で、イシュクはひとり物思いに沈んでいた。

そこは豪華な鏡張りの床で、部屋の片側は天井までの窓が一面に取られており、薄闇に浮かび上がる白い首都の街並みが見下ろせる。

——皇帝、か……。

即位は形式上滞りなく済み、イシュクは皇帝の正装である黒いジャケットとパンツ、金モールの肩章に、長い飾り紐を垂らし、両肩には銀鼠色の長いローブをまとわせていた。格式は上がったが、元の軍服も黒だったので、そう見た目は変わらない。

これから、ヤーシャールの儀式に臨む。泉から引き上げられる輿には胎后が入っていて、皇帝の手でその扉が開かれ、后の手を取って外に出すのだ。

——アーファーリンを……。

「……今さら、何を」

まだその気になれない自分に苦笑する。けれど、心を決めて神殿から戻ってきても、未練が断ち切れたわけではない。

——一生、こんな想いを抱えていくのか。

「……」

ニルファはもう二度と還俗《げんぞく》しない気だ。この先死ぬまで会えないのかと思ったら、告白せずにはいられなかった。

嫌悪されてもいい、軽蔑されてもかまわない。そう思ったはずなのに、ニルファから答えがもらえなかったことが辛い。

「…」

玉砕しているのに諦めきれない。イシュクは両手で顔を覆った。

――ニルファ……。

「…馬鹿だな」

ニルファは扉を開けなかった。

――それが答えだ。

あとは、皇帝としての人生しか残されていない。やるだけのことはやった。想いは伝えた。

――ただ、相手が自分を好きではなかったというだけのことだ。

「……ふられたってだけだな」

口に出してみても、吹っ切れない。けれど、イシユクはそうやって自分の心を突き放した。

愛がなくても誰かを抱くことはできる。それは、皇帝として必要な務めだ。

イシュクは溜息をつき、踵を返して扉へ向かった。取っ手に手をかけると、扉の向こうで待っていた侍従たちが恭しく扉を開く。

「ご出発でよろしいでしょうか」

「ああ」

イシュクは皇帝として重々しく頷く。侍従が先導し、衛兵が先触れとして泉の間へ向かった。

宮殿はまるで舞踏会の夜のように、華やかに灯りを掲げている。だが、城の中は奇妙にがらんとしていた。

皇族、貴族、胎后に選ばれた娘たちの肉親、親族、胎后に仕えるための侍女たちなど、数多くの関係者がいるが、彼らは全て泉の間でその時を待っているのだ。

水路が配置された広い回廊を抜け、優美な飾り柱に囲まれた、流線状の白い大階段を上る。尖塔の上に進むにつれて階段は狭まり、真っ白な床は鏡張りに変わる。同時に、灯りは少しずつ抑え気味になり、足元を照らすだけになっていった。

泉の間に着いた時は、すっかり厳粛な暗さに変わる。

壁沿いに燭台が取り付けられていて、イェクターの小さな灯りが壁に投げかけられている。伏流していた水路は壁沿いで僅かにせせらぎ、鏡の床はカツンと足音を響かせた。それが、奇妙に静かな尖塔に広がっていく。

到着を告げる声とともに、重い扉が開かれる。泉の間には正装をした皇族、貴族がぎっしりと立ち並び、新皇帝にざっと頭を下げた。

「……」

イシュクはひとり泉へと進みながら、見上げるほど高い位置にある、青い泉に思わず目を瞠《みは》った。巨大な八角形のガラスの泉は、溢れそうなほどの鉱水を湛え、天井に開いた丸い空間から真っすぐ光が降り注いでいる。

――――こんなに美しいのか…。

即位前に一度見にきたことがある。だが、満水となった泉はまるで別ものだった。底のほうから小さな泡が無数に立ち上り、降り注いでくる光に碧くきらめいている。

そして、鉱水の〝源〟である無骨な岩々の上に、いくつも金色の丸い輿が見えた。遠くから見るとまるで繊細な手毬《てまり》のようだが、あのひとつひとつには胎后が入っている。

どうぞ、という仕草で侍従たちに勧められ、イシュクは台座への階段を上った。あらかじめ伝えられている正面の位置に来ると、神官たちが祝詞《のりと》を唱える。

唱和される祝詞にも、神殿から奉祝に来た神官にも特に意味はない。宗教は何百年も前に徹底的に論破され、祭事としての役割しか持っていなかった。

高く、低く、古式ゆかしい祝詞が響き、同時に細い金色の糸で織り上げられたような丸い輿が、底の部分から浮き上がりはじめた。華麗な意匠を施されているが、これもパルフの一種で、操作は舟外から行える。
　八つの輿の中で、水面まで上がってきたのはひとつだけだ。パルフは専任の遠隔操縦者によってきちんと序列を付けられ、アーファーリン皇女の輿が一番最初に水面に浮かび上がることになっているのだ。輿はイシュクの前に進められた。

「……」

　皇帝が扉を開けるのは、この最初の輿だけだった。胎后となった女性の手を取って輿から下ろし、皇帝の居室で懐妊のための儀式を公開すれば、この夜は全て終わる。だが、イシュクは扉を開け、絹張りの輿に沈み込んでいる人影を見て固まった。

「……ニル…ファ」

　——どうしてだ……何故……。

　泉の水に浸った髪も服も、濡れて身体に張り付いている。白い麻紐で身体はがんじがらめに縛られていて、ニルファは苦しそうに目を閉じていた。

「……」

　背後では、動かない皇帝に訝し気な気配が漂いはじめる。数歩離れた左右で控えている侍従たちも、何故いつまでも姫君を輿から出さないのか、怪訝な顔をしていた。

　神官たちの唱和がやむ。最初の胎后が輿を下りるのを待って、残りの輿は全て泉の中に漂ったままだ。

「…」

　何故ニルファがここにいるのだろう。この姿はどういうことなのだろう。

　動揺しながら、めまぐるしく考えが駆け巡る。そしてニルファが肺の奥から鉱水を吐き出し、目を開けそうになって、イシュクは音を立てて扉を閉めた。

　そのまま振り向き、ざわりとしている眼下の皇族、貴族に告げる。とにかく、イシュクのこんな姿を見せるわけにはいかない。

「ヤーシャールは中止だ」

泉の間がどよめく。悲鳴にも似た非難や驚きの声が交錯し、場は騒然となった。

イシュクはかまわず輿の操縦者に命じる。

「胎后の輿をこのまま胎后宮へ運べ。残りの輿は、そのまま下賜する」

「陛下！」

大臣が叫び、駆け寄ってくる。

「なりませんぞ！　陛下！　なんという暴挙を！」

「こんなものは形式に過ぎない。いいから動かせ！」

「いけません、陛下！」

驚いていた幾人もの皇族たちが、慌てて階段を駆け上ってくる。だが、イシュクは重ねて操縦者に命じ、輿を浮上させ、水路へと向かわせた。

――ニルファを守らなければ…。

よりによって、女性が浸るはずの泉に、皇子が沈められるなど、あってはならない恥辱だ。しかも、縛められ、あられもない姿のニルファを衆目に晒《さら》すわけにはいかない。

――誰が、ニルファをこんな目に……。

騒いでいる大臣たちの声は、ほとんど頭に入らなかった。

「儀式を終了する。下賜する胎后を受け取るがいい」

自分のための胎后は最初からひとりだけだ。その他はこの場で下賜されるのが通例だった。他の姫君たちが全て誰かにすり替わっているとしても、それは彼らが驚けばいいことだと思っている。

イシュクはニルファを乗せた輿が水路へ移動しはじめたのを確認して、足早に台座の階段を下りた。

「陛下！　お待ちください！　陛下！」

銀鼠色のローブがひるがえる。

追う声がどんどん遠くなり、イシュクは大臣たちを振り切って塔を出た。

◆◆◆

　イシュクは急ぎ足で宮殿の奥へと向かった。目的地は、アーファーリンの私室だ。

　——すり替えられるとしたら、あの娘を抜きにしては考えられない。

　誰の思惑であろうと、皇女本人が輿にいなかったのは事実だ。

　カツカツと足音を響かせ、驚いている衛士を押しやって乱暴に扉を開ける。

「誰！」

　——こいつ……。

　そこには深紅のドレスを着たアーファーリンがいた。イシュクは込み上げる怒りと憤りに、つかつかと近寄って肩を摑む。

「貴様…っつ！」

「きゃあっ」

「おやめください！　陛下！」

　侍従が両脇から止めにかかる。皇女は悲鳴をあげ、衛士も慌てて部屋に駆け込んできて、イシュクは四方から取り押さえられた。

「離せ！」

　衛士と侍従を振りほどき四人とも床に吹っ飛んだが、かろうじて女性を張り飛ばすのだけは自制した。

　アーファーリンは震えあがって身を縮めている。

「…貴様、自分が何をしたのか、わかってるのか」

　低く、怒気を含めた声で問うと、皇女はガタガタ震えているくせに、負けずに言い返してきた。

「…な……なによ、勝手に部屋に入ってこないで」

「ニルファに何をしたんだと聞いてるんだ！」

「きゃっ……！」

　本当なら、胸ぐらを摑んで締め上げたいぐらいだ。それを懸命にこらえて腕を摑むと、アーファーリンは嫌がってじたばたと暴れる。

「…あ、あなたが悪いんでしょ！　触らないでっ！」

「陛下！　いかがなされました！」

「ライリ…」

部屋に駆け込んできたライリの声に振り返ると、アーファーリンがその隙に逃げ込んで取りすがった。

「助けてライリ！　ひどいのよ、私、怒鳴られたのよ！」

「アーファーリン様…」

ニルファの妹は、何がなんだかわからないという顔をしたが、すぐに順序だてて整理しようとする。

「陛下、私はアーファーリン様より、迎えにきてほしいという連絡をいただいて、不思議に思いながらもここへ伺った次第です」

本来なら儀式の最中だ。彼女もおかしいと思ったのだろう。どういうことか教えてくれという視線に、イシュクは言葉を失う。

「…」

ニルファの妹に、兄の状況を言ってよいものだろうか。

だが、アーファーリンはまったく意に介した様子がなかった。むしろ、味方を得て威勢を取り戻した。

「あなたが悪いのよ。当然でしょ」

ライリにしがみつきながら、アーファーリンは可愛い顔をしかめて勝ち誇ったように言う。

「ニルファ様は男の人よ。そんなに好きなら、お嫁さんにするといいわ」

イシュクは眉を顰めた。

「だから、泉に沈めたというのか…？」

「アーファーリン様！」

ライリが驚いている。けれど、アーファーリンは彼女がニルファの妹であることも配慮できないらしい。皮肉たっぷりに笑う。

「誰が男の人をお后になんかできるの？　皆の前で輿を開けて、胎后が皇子だったなんて、大笑いね」

「殿下！　兄に何をなさったんです」

「…ぁ」

ライリが蒼白な顔になった。ようやくアーファーリンも、まずいという表情をする。

「すり替えられたんだ。胎后の輿に、ニルファが入れられていた」

「！」

声も出ないライリの様子に、アーファーリンが焦ったように言い訳をしはじめた。

「だって…ニルファ様も悪いのよ。私、わざわざ神殿まで行ったのに、出家したからとか、ここは女人禁制だからとか、私を追い出そうとして…」

「アーファーリン様……それは…」

どこからどう説明しようかと、ライリは困惑した顔でアーファーリンを見ている。怒られるより深刻な表情に、アーファーリンもこれが単なる腹いせでは済まないことに気付きはじめたようだ。

「…仕方がないのよ……だって、ふたりとも私を騙してたんだもの。この人は、私よりもニルファ様のことが好きなのよ。それなのに、私が胎后になるなんて、おかしいじゃない」

叱られた幼児のように、浅はかな言い訳をしはじめるアーファーリンに、ライリがその両肩をしっかりと抱え、言い聞かせるように目線を合わせた。

「アーファーリン様。これは、陛下と兄の問題だけではございません。ヤーシャールが、たった一晩しかないことは、御存じでいらっしゃいますね？」

「……え、ええ」

「殿下に今から泉にお入りいただいても、もう間に合いません。殿下はもう、胎后にはおなりになれないのですよ」

「そんなの、どうだっていいわ」

私はこんな人のお嫁さんにはなりたくない…と不《ふ》貞腐《てくさ》れたが、先ほどの勢いはない。まるでわかっていない皇女に、ライリが根気よく説明している。

「陛下にはまだ七人の胎后がいらっしゃいます。お世継ぎには望みがありますでしょう。しかし、我が兄のことは、それとは別な問題です」

　黒髪に緑の瞳をしたライリは、ニルファとはあまり似ていない。けれど、理詰めで話す様子は、やはり兄妹なんだなと思う。

「この後、兄の身体がどう変化するかは、誰にもわからないのです」

　アーファーリンがびっくりした顔をしている。

「だって……ニルファ様は男の人よ？　泉に入ったからって、どうなるということでもないでしょう？」

「殿下。男性になんの影響もないという保証はありません。何故なら、あの泉には女性以外、入ったことがないからです」

「じゃあ…」

　大丈夫なのではないか…と尻すぼみにアーファーリンの声が小さくなる。それが単なる希望的観測だとわかっているのだ。

　イシュクが口を挟んだ。

「あの泉が、身体にどういう影響を与えるか、わかっていてやったのか？」

「…どういう…って……」

「鉱水に浸るとイェクターに耐性ができるだけじゃない。一時的だが、強い発情状態になる」

　皇女がさっと頬を染めた。

「女性ならそれだけだが、男だとどうなるかわからない……最悪、死ぬかもしれないんだぞ」

　事例があるわけではないが、そうならないという保証もない。

「お前が泉に浸らなかったことはおそらくすぐ広まる。代わりに輿にいたのは誰かという詮索もはじまるだろう」

　イシュクは厳しい眼で甘ったれた皇女を見た。自分を嫌いなのはかまわないが、ニルファを傷つけるのは許さない。

「泉に浸された皇子など、還俗しても二度と宮廷には戻れない。お前はヤーシャールを台無しにしただけじゃない。ニルファの人生を滅茶苦茶にしたんだ」

びくっとアーファーリンが肩を引き攣《つ》らせた。

みるみる涙を盛り上がらせる。

「……そ、そんなに怒らなくたっていいじゃない…」

「！　殿下！」

「私はそんなつもりじゃなかったもの！」

「あ、お待ちください！」

アーファーリンはライリの手を振りほどいて駆け出し、部屋を出ていく。ライリも走って追いかけたが、イシュクは追わなかった。

どこへ向かおうとかまわない。宮殿の中なら安全だろう。それに、今さら皇女を責めたところで、もう取り返しがつかないのだ。

――ニルファ…。

イシュクはそのまま、胎后のための宮殿に向かった。

◆◆◆

輿の中で目を開けたニルファは、縛られたまま透かし彫りの外側を凝視していた。

下から水流の音が聞こえる。輿は水路の上を進んでいるのだ。光の感じからして、尖塔ではなく宮殿の中のほうだと思う。

――私は…あの泉に沈められていたのか……。

鉱水に浸《つ》かった瞬間のことは憶えている。溺《おぼ》れるような感覚に、一瞬本能的に意識を取り戻して足掻いたのだ。

だが、鉱水はまるで〝湿り気の多い空気〟のようだった。粘性を持った空気が鼻腔《びこう》へと入り込んでくる感じで、抵抗なく肺まで到達し、ほどなく呼吸は地上と変わらずできるようになった。そして、青く冷たい水のように見えるのに、まったりとした感触で心地よく、いつしかニルファはまどろむように身を任せていた。

まるで、極上の酒に酔うような感覚だ。

それが、何時間だったのかはわからない。

輿がゆっくりと浮上し、水の中にいた浮力がなくなって、身体が重く感じられた時に目を覚ました。

――扉が開いて、そして閉じたはずだ。

イシュクの声も聞こえていた。間違いなく、ヤーシャールの最中だった。

――何故……。

輿が止まって扉が開く。ニルファが視線を向けると、下男のスィミンが轡を解こうとしている。

「今外します。ご辛抱ください」

――スィミン？

下男は小刀を手に、縛られた麻紐を切った。ニルファは完全に手足が自由になったタイミングで輿を飛び出し、スィミンの右腕を掴んでひねり上げた。

「っつ！」

背後を取り、奪った小刀の刃をスィミンの喉元に当てる。絨毯の上には、ぽたぽたと髪から滴が落ちて沈む。

「っ…ニルファ、様」

「…誰の命令だ」

「こ、皇女殿下の」

「殿下おひとりでここまでの画策はできないはずだ」

たとえアーファーリンの意志だったとしても、誰かが入れ知恵をしなければ、こんなことにはならない。刃先を突きつけたまま、再度問い質《ただ》すとスィミンは苦し気に答えた。

「…申し訳…ございません。陛下の、ご命令です」

――イシュクが…？

馬鹿な、と否定すると、スィミンは眉を顰めながらニルファのほうを振り返る。

「神殿から帰られる際に、お命じになられました。陛下の御命には逆らえず……」

「……」

――そんな……。

「皇女殿下は、利用されただけです」

ニルファは反論する言葉を失っていた。

わけがわからない。

アーファァーリンから憎しみをぶつけられた。あれほど思慕をあからさまにしていた少女の、掌《てのひら》を返したような仕打ちに、愛憎の逆転を思い知らされたばかりだ。

――イシュクも、そうだというのか。

愛していたと告白された。拒んだことが、憎しみへと転じさせたのだろうか。いっそ貶めてしまおうとまで変わったというのか。

――わからない…。

スィミンは覚悟したようにじっとしている。ニルファは、不意にゾクゾクと寒気を覚えた。

鉱水に濡れた僧服が身体にぴったりと張り付いて、滴をしたたらせている。身体が冷えたのかもしれないが、得体の知れない感覚が押し寄せてきて、寒さとは別に、足元から力が抜けていく。

その時、部屋の扉が乱暴に開かれた。

「ニルファ！」

皇帝の正装をまとったイシュクの姿に、びくりと身体が引き攣る。ニルファは反射的に叫んでいた。

「来るな！」

「！」

イシュクの仕打ちも、自分の身体に起きつつある〝何か〟も、全てが恐ろしかった。

――どうして…。

「ニルファ様！」

ぐらりと身体が傾いていく。立て直そうと踏み出した足が身体を支えきれない。

ニルファはそのまま倒れて意識を失った。


再び目を開けたのは、ベッドの中だった。

「お気が付かれましたか」

白衣の医師が顔を覗《のぞ》き込む。医師の後ろにはスィミンが立っている。

「ああ、そのままで。まだお起きになってはいけません」

医師は皇帝の最期を看取った御殿医だ。初老の医師は穏やかな顔に、難しそうに眉根を寄せた。

「泉に入られていたと伺い、僭越《せんえつ》ながら診察をさせていただきました」

ヤーシャールが終わると、御殿医は皇帝の子を身籠る胎后の健康を管理する。医師は、アーファーリンの母の時も、御殿医を務めていたと言った。

「女性のデータしかありませんので、絶対とは言えませんが、まず、イェクター耐性の影響は、ないと思われます」

御徴を持つ皇子は、そもそも身体にイェクター耐性があると説明する。

「そうでなければ、身体が全てイェクター化してしまいます。御徴が耳で止まられているのですから、おそらく、問題はないと思います」

ただ…と、医師は言葉を慎重に選んだ。

「発情《ヒート》現象は、避けられないでしょう」

「…男でもか」

「鉱水は、ある種のホルモンです。浸ってしまったのなら、性別は関係なく影響が出ます」

「……」

受胎時期は、およそひと月と言われている。婉曲《えんきょく》な言い回しをされているが、恐らくこれが発情期間なのだ。

――一か月……。

ニルファは、自分の身体の感覚を確かめる。

やや微熱はあるが、まだ何も兆候はない。だが、これから先どうなるのかは想像もできなかった。

「…ヒートとは、どの程度の強さなのだ」

医師に問うが、答えるほうも言葉を濁す。

「こればかりは…個人差が大きいので、なんとも」

「対処法はないのか」

「残念ながら……。受胎のためのものですので」

「……」

微熱のせいか、身体がだるい。起き上がれないほどではないが、医師はこのまま安静にするようにと指導した。

「先ほどまで陛下もここにいらっしゃいました。陛下からは、ヒートが収束するまでこの宮にお留《とど》まりいただくようにと言われております」

「…」

ニルファは寝台から部屋を見回した。

寝台は円形の大きなもので、円に沿って六ヶ所に支柱があり、そこには白地に金の刺繍が入った薄い紗《しゃ》の幕が飾り紐で留められている。さらに一回り外側に、透かし彫りの銅柱があり、そこには重い紫と橙《だいだい》色の幕が垂れ下がっていた。

柱の向こうには、室内とは思えない四阿《あずまや》が見える。部屋に引かれた水路は、回廊の水路とは違って一段高くなっており、その水路を渡る橋がかけられ、まるで小さな島のように、真ん中が緑したたる四阿になっているのだ。

床は温かみのあるアイボリーの大理石で、部屋は彩光を重視した透かし壁になっていた。

――胎后宮なのか……。

本来は、皇帝の后のための宮だ。アーファーリンが胎后にならなかったとしても、他の七人のうちの誰かが住むべき場所だ。

「私は神殿に戻る」

「そのお身体では無理です」

スィミンが口を出してくる。

「そうですね。今ご移動されるのは、私もお勧めできません」

医師からも、できれば診察が可能な宮殿に留まってほしいと言われた。

スィミンが寝台の端で跪く。

「司祭様からも、ニルファ様がお戻りになるまで、おそばでお仕えするように申し付かりました。どうぞ、ここでお身体が元に戻られるまで、御静養ください。私がお世話をさせていただきますので…」

――……。

いかにイシュクの命令があったとはいえ、事に加担したスィミンを信じてよいのか、ニルファは判断に悩んだ。けれど、アーファァーリンの部屋に運ばれていた時、自分を縛った侍従たちは見たことのない者たちだった。

スィミンは、本当にただアーファァーリンとイシュクに命じられて、事態を止められなかっただけのようにも見える。

――そもそもスィミンには個人の意志で動く理由がない。

それに、生家に戻るわけにもいかない。これからどうなるかわからないヒート期を前に、医師がいない場所に行くのは、確かに不安だ。

ニルファはしばらく考え、短く答えた。

「わかった」

医師が辞去すると、スィミンは必要な世話だけをし、部屋の隅の目に入らない場所で控えていた。

確かに、今から見知らぬ侍女たちに世話をされるより、スィミンにいてもらうほうがありがたかった。

身体はまだどんよりとだるい。ニルファは広い寝台に身体を横たえながら、何故こんなことになってしまったのかと考え続けた。

アーファーリンの気持ちも、イシュクの気持ちもわからない。

――何故……。

変化が起きはじめたのは、それから数時間後だった。

微熱が高熱になったような気がして、ニルファは目を覚ました。

身体が芯から熱い。同時に、皮膚の感覚が変わっている。上掛けが呼吸で僅かに動くだけで、敏感になった肌がビクッと反応してしまう。

――〝ヒート〟なのか…?

「……っ……」

呼吸しているだけで、肌の上をさざ波のような刺激が走り抜ける。ニルファは耐えられずに上掛けを払い落とした。

物音を聞きつけて、スィミンが寝台に駆け寄ってくる。

「ニルファ様、いかがなされました」

「…来るな……っ……」

ニルファはきつく目を閉じて追い払った。みるみるうちに吐く息が熱くなって、平静を装えない。

「っ…は………っ」

「……ニルファ様……」

――熱い……。

身体の奥で何かが蠢《うごめ》く。鋭敏になった肌が、夜着の僅かな摩擦に反応してしまう。

「幕を閉じておいてくれ」

寝台を取り囲む幕を、二重にぴっちりと閉じるように命じた。

「……誰も……部屋に、入れるな」

こんな姿を、誰にも見られたくない。ニルファは唇を噛み締めて喘《あえ》ぎを押し殺した。

「…はい」

スィミンが、緊迫した声で承知する。

寝台は柱にくくられていた幕で閉じられた。二重に仕切られた天幕の中で、ニルファは急速に昇りつめていく感覚を必死にこらえた。

「……っ…」

肌はしっとりと汗ばんでいる。その敏感さに、すでに何度も小刻みに痙攣《けいれん》を起こし、ニルファは両腕を抱くようにして反応する身体を抑え込もうとした。

「…っ………く…っ……」

ずくずくと下腹が疼き、耐え切れなくて身じろぎする。すると寝具に触れた肌に快感が走って、ニルファはビクビクと身体を反らせた。

「ぁ……っつ……っ」

甘苦しい感覚が喉元まで駆け上がってきて、声を抑えても呼吸が乱れる。

ニルファはきつく眉根を寄せながら、これはいったいいつまで続くのだろうと思った。

――もし、ひと月ずっとこうなのだとしたら…。

身体の内側から波のように襲ってくる刺激に、熱い息をこぼす。こんな感覚を耐え抜く自信がない。

「……く……は……ぁ…っ」

自分の脈動が、まるで刺し貫かれたような刺激になる。ニルファはビクンと揺れ、広がる愉悦にシーツを握りしめた。

「…ぅ……ぁ…っ」

反応して勃《た》ち上がった芯は、夜着が僅かに掠っただけで、愛撫《あいぶ》を受けたようにビクビクと滴を噴き出し、抑えようがなくなる。ニルファは熱で頬を紅潮させたまま、必死でその衝動をやり過ごそうとした。

だが、身体の奥から勝手に快感が圧《お》し広がっていき、ニルファは背を丸めて絶頂に喘いだ。

「ぁ……ぁあっ、ぁ…」

爆《は》ぜた芯が透明な体液をまき散らす。身体がガクガクと揺れ、経験したことのない快感に、むしろ苦しいくらいだ。

――こんな……。

「はぁ…っ、は…ぁ…っ」

大きく喘ぐと、それがまたさらなる刺激を呼んでしまう。下腹の奥は溶ける熱の塊を抱え、絶頂してもまったく終わる気配がない。それどころか、毛穴から耳、口、尻に至るまで、孔《あな》という孔が引き絞られたようにヒクヒクと蠢いた。

「ぁ……ぁぁ…ぁ…く……」

苦しい、切ない。目を閉じても、衝動をこらえても、襲ってくる快感の終わりが見えない。ニルファはもう、声を抑えることもできず、ひたすらヒートの衝動に振りまわされた。

「ふ……っ……く、……んっ」

シーツの上でのたうち回り、甘苦しい疼きに涙を滲ませて喘ぐ。どういう体勢にもっていっても、呼吸や脈そのものが刺激になってしまう。服はかろうじて肩のあたりに引っ掛かっていたが、もうはだけても取り繕うこともできなかった。

――……こん…な……。

押し寄せる快感が強すぎて苦しい。

疼く欲求が身体の中を渦巻いている。熱を持っているのは身体全体で、性器に手で触れた程度では、何も解決しない。

鉱水の影響なのかもしれない…とニルファは熱に喘ぎながら思考を巡らせた。

おそらく、今は精を吐き出すことはできない状態なのだ。逐情《すいじょう》してもしたたり落ちるのは透明な体液だけで、精は体内に閉じ込められている。その分、襲ってくる衝動に終わりがなかった。

「ぁ……っ…」

ずくんと腹から胃のほうへ押し上げてくる波に、

身体を震わせる。骨に響くような快感に、喉はひっきりなしに荒い呼吸を繰り返していた。

「ぁぁ……っ、う……」

あとどれくらい、これが続くのだろう。

――助けてくれ……。

「んっ……は……ぁ…」

何度目かの絶頂に達し、ニルファは寝具の中で痙攣を繰り返すと、そのまま気を失った。

◆◆◆

翌々日、宮廷は剣呑《けんのん》な空気を漂わせていた。

イシュクは議場の椅子に脚を組んで、諸侯らと睨み合いになっている。一通りの政治議題を終えたあと、大臣たちは新皇帝に翻意を迫っていた。

「断る」

「陛下！」

議場の卓の最奥中央に、皇帝の席がある。円卓の両側には苦虫を噛み潰したような顔をして皇族たちが並んだ。

皇族の意見を代表し、内務大臣は重ねて説得にかかっている。

「陛下。お世継ぎを得るのは義務でございます。幸い、妹君以外の六人の胎后方が陛下の寵をいただくことを望んでおられます。今一度、お考え直しを…」

「くどい。その件は何度も伝えたはずだ」

アーファーリンの暴挙で、ヤーシャールは中止となった。だが、大臣たちは下賜された七人の胎后の誰かを、皇帝のための胎后にせよというのだ。

「七人の嫁ぎ先はいずれも劣らぬ皇家の血筋だ。俺がいい例だろう。世継ぎは俺の子でなくても充分産まれる可能性がある」

イシュクもニルファも、先の皇帝の妹が降嫁して生まれた皇子たちだ。だが、大臣は食い下がる。

「皇帝陛下の血に勝るものはございません」

どうあっても胎后を…と訴えられ、あからさまに無視すると、父親のザッラード候が口を開いた。

「陛下。他の皇族が血を絶やさぬために胎后を拝領しているのに、陛下だけがそれを拒まれるとなると、示しがつきませぬ」

イシュクは顔をしかめた。

――狸親父《たぬきおやじ》が……。

イシュクは実家とそりが合わない。父親はなんとしても直系の孫を立太子させたい野望があるのだ。それこそ、胎后に選ばれた妹さえあてがいかねない強欲さが嫌いだった。

「必ず、どなたかひとり、胎后をお選びいただきたい」

皇帝が后を得ないというのは、絶対に許さないという強い意志を滲ませている。

「胎后ならもう得た。ただ、男だっただけだ」

「陛下！　なんということをおっしゃいますか！」

いきり立つ貴族に、イシュクは平然とした眼を向けた。

「事実を言ったまでだ。アーファーリンがわざわざ私のためにニルファに輿を譲ったのだからな」

「陛下！　御冗談が過ぎますぞ！」

皇族や貴族たちが口々に諫《いさ》める。

儀式の夜のすり替えは、アーファーリンが宮殿を飛び出し、大騒ぎしたことであっけなく広まってしまった。皇女は宮殿に帰らないと言い張り、ライリの説得でムスターク家の預かりとなっている。

さらに、考えなしのアーファーリンが侍女に口を滑らせ、身代わりがニルファだったのも、あっという間に知られた。

「噂では、ニルファ殿下は胎后の宮におられるとか」

「俺が命じた。何か不服でもあるか」

「当然です。あれは陛下のお世継ぎを産む方のための宮です。たとえ御徴のある皇子でも、占拠してよいところではございません」

一刻も早く場所を譲り、胎后を…という要求に、イシュクは黙って周囲を一瞥《いちべつ》した。

――こんな状態の宮廷に、ニルファを出せるわけがない。

宮廷は蜂の巣を突《つつ》いたような大騒ぎだ。何故皇女がそんなバカげたことをしたのか、皇子が泉に沈められるという前代未聞の醜聞に、あれこれ邪推が飛び交っている。

宮殿のどこかに場所を移すのも、神殿に戻すのも、ヒート期が収まるまでは危険だ。彼を万全な医療体制の宮殿に置いておきたい。

――いや。それ以上に、俺は……。

イシュクは、自分の言った言葉に可能性を見出《みいだ》していた。

勢いで言い返しただけなのだが、もしかすると、ニルファは基準を満たしているのではないかと思いつく。

「俺の胎后はニルファだ」

イシュクはバンと卓に手を突いて立ち上がった。

驚いている諸侯を見回す。

「ニルファは泉に沈み、ヤーシャールを経た。胎后としてなんの不都合がある」

「陛下！　ニルファ殿下は男子でいらっしゃいますぞ！」

「それがどうした。胎后が女でなければならぬという決まりがどこにある」

「陛下！」

なんという屁理屈を…と大臣たちは驚きを通り越して怒りはじめている。だが、イシュクは肚《はら》をくくった。

――そうだ。ニルファが后で何が悪い。

自分は、ニルファ以外もう選ばない。ニルファはそれだけの苦痛を負ったのだ。世継ぎの問題など、知ったことかという気持ちだった。

――七人も胎后がいるんだ。誰かひとりぐらい皇子を産むだろう。

自分にとって、守るべきはニルファだけだ。そして、本心としてニルファを伴侶にしたかった。

――どんな詭弁《きべん》でもかまわない。

むしろ、これで皇女に対する憎しみが消えるほどだ。なんということをしてくれたのだと思ったが、逆にこんなことにでもならなければ、男のニルファを伴侶になど、自分でも思いもつかなかった。

「誰がなんと言おうと、俺の胎后はニルファと決めた」

だから、他の胎后は娶らないと宣言すると、大臣はこめかみをピクピクさせて言い返す。

「…よろしいでしょう。陛下がそこまでおっしゃるのなら、ニルファ殿下を胎后になされればよろしい。ですが、胎后になられるのであれば、中止されたヤーシャールを再開することになりますぞ」

「…」

議場がざわざわと揺れる。

ヤーシャールの儀式は、泉から胎后を引き上げるところで終わるわけではない。受胎のための儀式を終えて、初めて完了となるのだ。

「胎后ですから、これを拒むことはできません」

大臣には、自分がただ后を娶りたくないために、ニルファを盾にしているように映ったのだろう。衆目の中で男のニルファを抱けるのか…と暗黙裡に迫られ、イシュクは一瞬黙った。

「…」

自分はともかく、ニルファにとっては屈辱でしかない。

「…別に、あんな形式だけのものをやる必要はない」

下賜された娘たちはやらなくて済むことなのだ。

皇帝の胎后だけが姦通したという証拠を見せなければいけないなど、時代遅れも甚だしい。

「儀式がなければただの愛妾《あいしょう》です。我々は、皇帝陛下の胎后とはお認めできません」

「……」

新皇帝の我儘を、ここで認めるわけにはいかないという姿勢だ。

どうしてもと言うのなら儀式を再開しろ…と迫る大臣は、〝できるわけがない〟という顔をしている。

イシュクはちらりと睨んで閉会のために片手を挙げた。

「考えておく」

ローブをひるがえして退席する。諸侯の困惑したような視線を、背中に感じた。


議場を出た足で、イシュクは真っすぐ胎后宮に向かった。

そこは、皇帝の私室よりさらに奥にある。岸壁にせり出すように聳えている宮殿の中でも、最も外側に張り出していて、外光がふんだんに降り注ぐ、水と光に溢れた場所だ。

白く高い壁と白い床の回廊を進むと、同じ真っ白な観音開きの扉の前に、衛士がふたり立っている。そこに紫とローズピンクのドレス姿がふたり見えて、ややあって胎后の宮の扉が片方だけ開いた。

中から黒髪の男が出てくる。ニルファの身の回りの世話をしている男だ。

――神殿から来た…スィミンとかいったな。

話によると、ニルファが神殿に入った時から直属になったということだった。イシュクはどうも何かが引っ掛かるのだが、彼はアーファーリンを送り届けるために登城したと聞いているし、ニルファが彼を信頼しているようなので、そのままにしてある。

「ニルファ様は、今、どなたとも御面会できないのです」

「でも…」

スィミンは物静かな印象だ。やや切れ長の目元と、どことなくすっきりした顔立ちをしている。

食い下がったのはアーファーリンだ。隣にいるライリは、声を潜めた。

「具合がお悪いのですか？」

「……お察しください」

スィミンが頭を下げる。

「あとで、必ず状況をお知らせに伺いますので…あ、陛下」

説明しながら、スィミンはイシュクを見つけ、深く一礼した。

アーファーリンは決まりが悪いのか、振り向くなりライリの手を引っ張って、〝行きましょ〟と逃げ腰になっている。ライリも一礼すると、アーファーリンに従ってすっと反対側へと去っていった。

イシュクは戸口に佇むスィミンに静かに近づいた。

「…ヒートか」

スィミンが小さく頷く。

「どうぞ…」

アーファーリンたちを追い返したくせに、スィミンは小声でイシュクを部屋へ招いた。

中に入るとそっと扉を閉め、いっそう声を潜める。

「一昨日《おととい》の晩からヒート症状が出はじめました」

部屋は、透かし壁になっている三方全てに紗のカーテンが下ろされていた。さんさんと光がまわる胎后宮とは思えないほど、やんわりと薄暗い。

二重の幕で閉ざされた寝台からは、重く甘い香りがする。ヒートの兆候だ。

かすかだが、喘ぐ息が聞こえてくる。

「夜中苦しまれておりました。これでも、今は落ち着いたほうです」

「……」

ヒートには波がある。最もピークになるのは一日のうち数時間だが、ニルファはピークでない時でも苦しそうだとスィミンが言った。

「このままで、体力が持つのかが心配です…」

そっと幕の一部をめくって中の様子を窺うと、ニルファは寝台に身体を丸めるようにして横たわっている。

――ニルファ……。

上掛けは掛けられないのだという。夜着は着ているが、肌は腿《もも》まで晒され、長い銀の髪は寝台で乱れ、首筋や肩に張り付いていた。

「…ふ……っつ」

吐く息が荒い。上気した肌は、頬だけでなく肩や指先まで桃色に染まっていて、イシュクはその官能的な姿に、知らないうちに息を詰めていた。

「ぁ……っ………く………」

ニルファは耐えられないように喉を反らせて身悶《みもだ》え、ぎゅっと瞑った眦《まなじり》には涙が滲んでいる。その苦しそうな喘ぎに、イシュクは心配が募って、思わず眉根を寄せた。

「医者は、なんと言っている」

低く問うと、スィミンがそっと首を振る。

「ヒートに関しては、受胎させる以外に打つ手はないと」

――受胎………。

情交以外に鎮める方法はないということだ。

イシュクは荒い息を繰り返すニルファをじっと見つめた。ニルファを助けたい。けれど、それはニルファを抱くということになる。

――ニルファが承諾するわけがない。

イシュクは寝台を囲んだ幕を握りしめた。

そんなことをしたら、ニルファは決して許してくれないだろう。彼に同性を好む趣向はない。

――だが、このままでは……。

まだヒート期ははじまったばかりだ。あとひと月もこの状態が続いて、もしニルファの身体が持たなかったら…。そうでなくても、この拷問のような期間を、こうして耐え続けるのかと思うと、今すぐにでも大臣の言うように、ヤーシャールを執り行ってしまいたい気持ちになる。

「…」

執行を言いかけて、イシュクは奥歯を噛み締めた。

本当にいいのか、と自分に問う。

確かに、ヤーシャールを行えば、ニルファは医療体制の万全な胎后宮にいられるし、ヒートの症状も和らぐだろう。けれど、衆目の中でニルファを犯すことになる。ニルファの受ける苦しみを考え、イシュクは苦悩に眉根を寄せて目を瞑った。

たとえニルファを助けることができても、彼の心をずたずたにしてしまう。

――俺は……。

彼の誇りを奪い、あの美しい姿を凌辱《りょうじょく》する。方法がこれしかないとわかっていても、決断を口にできない。

「……」

ずっと、彼を穢すまいと己の劣情を封じ込めてきた。今でも、彼に嫌われるぐらいなら、どんなに自分の心が飢えても、このまま指一本触れられないでいるほうがいい。

――だが、このままにできるのか。

助けられる人間は限られている。医学の力でどうにもできないのなら、自分以外に誰がニルファを助けられる…。何度も考えを巡らせて、イシュクはふと諦めた気持ちになった。

――憎まれるぐらい、どうということはないだろう。

心の中で自嘲する。もう、ニルファにはとっくにふられているのだ。

――拒まれているしな…。

この部屋で倒れた時のニルファを思い出す。

来るなと叫んだ、強張った表情が忘れられない。

あの眼はきっと、男を好む汚らわしい奴だと軽蔑している眼差しだった。

だったら嫌われようが憎まれようが、かまわないじゃないかという捨て鉢な気持ちになった。

それで、ヒートに苦しむニルファを救うことができるのだ。それに、払う代償が大きくても、自分を説得できるだけの材料がある。

――その代わり、あいつに触れることができるだろ…。

ニルファの心を失うのと引き換えに、決して触れることはできないだろうと思っていたニルファ自身に手を伸ばせるのだ。たとえ身体だけでしかなくても、愛する人をこの手で抱ける。

それは、充分すぎるほどの見返りではないか。

今さら恨みを買ったところで、何も変わらない…。

そう強がってみても心は痛むが、それでニルファのヒートが少しでも鎮まるなら。やるしかないと思った。

――そもそも、俺がどんなに望んでも、お前は手に入らないんだ。

諦めきれない気持ちに、乾いた絶望で蓋をして、イシュクはようやっと目を開けた。

「……ヤーシャールの儀式を再開する」

「陛下…」

寝台で悶えている姿を、幕を引いて隠し、イシュクは低くスィミンに命じる。

「あとで、儀式の担当者を部屋に来させる。そのつもりでいてくれ」

「…陛下」

「どんなにニルファが嫌がっても、儀式は執り行う」

きっと死ぬまで恨まれるだろう。もう二度と、あの美しい瞳に見つめてもらえる日はない。

脳裏から面影を追い払い、イシュクは部屋を出た。

◆◆◆

「ぅ……」

ニルファは、何度目かの「波」に息が絶えそうなほど悶えていた。

「…ぅ……ぁ……っく」

吐く息はずっと荒い。身体の中がどろどろに溶けてしまいそうなほど熱いのだ。

「く……ぁあっ」

きゅっと腰の奥が締まる。汗ばんだ身体が、逃がしようのない熱にのたうっていた。

――あと……もう少し耐えれば……。

そうすれば、波は弱まるはずだ。ニルファは甘い拷問に身体を痙攣させながら、ひたすらピークが過ぎるのを待っていた。

その時、スィミンの声があって、閉めていた幕が左右に引き開けられた。

「失礼いたします。ニルファ様」

「…誰、だ……」

決して誰も入れるなと命じておいたのに、寝台の足元のほうに紫の侍従服を着た四人と、漆黒の盆を捧げ持った従者ふたりの姿があった。

ニルファは必死に息を整え、かろうじてはだけた襟を掻き寄せてスィミンに尋ねる。

スィミンは申し訳なさそうな顔をした。

「申し訳ございません。陛下より、ご命令が…」

「失礼いたします、殿下。ヤーシャールの準備をさせていただきたく」

――なんだと…。

侍従たちは返事を待たずに左右に分かれ、両方から腕に手を伸ばされた。

「何をする！」

「胎后の装身具でございます」

「！」

盆には金細工の腕輪と足輪が置かれている。腕輪というより、手の甲からひじ近くまでを覆うものだ。同様に、足輪も足首からふくらはぎの中ほどまでの長さがあった。

繊細な透かし模様が施され、足や腕を包んでかちりと留める形をしている。ニルファは身を捩《よじ》って抵抗した。

「離せ！」

息が上がってうまく身体が動かない。

「殿下、そのお身体では無理です……殿下！」

「やめろ……っ……私は、胎后ではない」

胎后が衆目の中で受胎させられるのは知っている。身体を襲う刺激に耐えながら、ニルファは強硬に拒んだ。

「離せ…っ……スィミン……衛兵を呼べ！」

「ニルファ様、皇帝陛下のご決定ですから無理です」

衛兵を呼んでも、止めることはできない。動こうとしないスィミンに、ニルファは絶望的な気持ちになる。

――何故……イシュク……。

「殿下。これは殿下のお身体を考えてのことです。どうぞ従ってください」

暴れても、体力を失った身体は簡単に取り押さえられてしまう。ニルファはふらつく身体で抗いながら、心の中は動揺でいっぱいだった。

「そちらの腕を押さえて」

「……離せ……っ……ッ」

カチリと金色の枷《かせ》が嵌められていく。侍従たちはニルファに淡々と胎后の装飾を着けていった。

「やめろ……っ…！」

胎后は、間違いなく皇帝の子を身籠ったという証として、皇帝の寝室で儀式を公開される。大昔の悪習の名残だ。

――公開受胎など……。

腕と足の他に、腰骨を通って太腿の付け根に沿うように、華奢《きゃしゃ》な模様を描いた黄金の装身具がニルファを縛める。

ニルファは侍従四人がかりで取り押さえられ、装身具の上に衣を着せられて輿に乗せられた。

「何を、する…っ」

「殿下、お願いです、どうか、お聞き入れください」

「…っつ！」

抗ったところで、ほとんど抵抗にはなっていない。

だが、輿のバランスが崩れることを心配したのか、侍従は片方の腕を、輿の内側の天井近くに押し当てた。すると、ちょうど蝶番のように腕輪の留め金が輿の繋ぎ目に引っ掛かる。

輿は金の透かし彫りになっている。装具の模様はこれと同じデザインで、ニルファは装具がどういう使われ方をするのか、身をもって知ることになった。

「お許しください、安全のためです」

「貴……様……」

熱い息を吐き、気力だけで睨む。だが侍従は反対側の腕も同じように止めてしまう。

「申し訳ございません……ご辛抱ください」

「…！」

膝を曲げられ、腹に脚を付けるように押し当てると、足首に付けられた装具と太腿の付け根の飾りが同じように留め金の役目をする。かちりと嵌められると、足は動かせない。どんなに暴れても輿は僅かに揺れるだけになってしまった。

「輿にお乗りいただいている間だけですから」

「…」

睨んだところで、彼らも職務だ。個人的な好悪で動いているわけではない。スィミンも後ろのほうでずっと頭を下げていた。

誰も、どうにもなじりようがない。ニルファはただ輿の扉が閉まるのを見ているしかなかった。

黄金の檻《おり》は、ゆっくりと水路の上を進んでいく。中で虜囚のように縛められたニルファは、黙って己の姿を見た。

「……」

衣は肌が透けて見えるほど薄い紗の布だが、大小とりどりの金のビーズでびっしりと刺繍が施され、肢体はところどころしか見えない。

布はたっぷりと取られていて、着丈もおそらくかなり長いだろう。前合わせで、布の端には装身具と同じような留め金が付けられており、腰骨の飾りに嵌め込まれている。襟元から身ごろまではゆったりと幾重にもドレープが生まれるように裁断されており、留め金のところでひとまとめになるようにダーツが入っていた。

優美で、決して肌を露出するデザインではないが、脱がせるためという前提で作られているのがわかる。

ニルファは、絶え間なく腹の奥で蠢く淫靡《いんび》な熱に、苦し気に息を吐いた。

――何故だ……イシュク。

男の自分に、ヤーシャールの儀式をする意味がわからない。

イシュクの告白に応えなかったことが、これほどまでの怒りを生んだのだろうか。

――それとも、最初からこれが目的だったのか…？

スィミンは、「アーファーリンは利用されただけ」だと言っていた。皇女が怒りに任せて自分を輿に押し込めたのだとしても、それだけではイシュクにはなんのメリットもなかったはずだ。

――本当に、ただ辱めることだけが理由なのかもしれない。

女のような扱いを受け、衆目の中で犯される。まるで復讐だ。

――私はそれほど、イシュクのプライドを傷つけたのか。

そんなつもりではなかった。イシュクの人生に瑕《か》疵《し》を残さないための選択だった。

けれどイシュクには、侮辱としか映らなかったのかもしれない。人生を懸けて告白したのに、答えもしなかった冷血漢として、恨まれたのかもしれない。

イシュクに憎まれたのかと思うと、心が痛い。けれど、それと儀式とは別なことだ。

――衆目の中で辱めを受けるなど……。

ニルファは熱に悶えながら唇を噛み締めた。

だがイシュクはこの国の皇帝となった。もはや、誰も彼の決定に逆らうことはできない。

「……」

覚悟するしかないと思う。ここから、自分が何を言っても事態が覆ることはない。

ニルファは、皇族男子としてせめて愚かな振舞いだけはすまいと決心した。

「っ……」

ヒートの影響は考えていたよりずっと凄《すさ》まじい。だが、衆人環視の中であられもなく乱れるのだけは絶対嫌だ。

「……っぁ」

眉間に力を込め、込み上げる快感を押し込める。

だが、そうしているうちに輿は音もなく停止した。

ニルファは扉が開き、そこから光が射し込むのを凝視した。

◆◆◆

そこは皇帝の部屋だった。

先帝の設えは一掃され、調度品は全て新しい物に変わっている。ニルファは、一瞬別な部屋かと思ったほどだ。

眼前には黒の正装をしたイシュクがいた。

「…」

「……」

互いに顔を見合わせるが、感情は読めない。ニルファも気力を奮い立たせて表情を取り繕った。イシュクは金色の隻眼を無表情に向けるだけだ。

――イシュク……。

すっと手を伸ばされ、輿の内側に付けられていた装身具を外される。ニルファは黙ってそれを見た。

アーファァーリンの憎しみに満ちた視線が甦る。自分の態度のせいなのだから仕方がないが、イシュクも、もう彼女と同じで復讐しか心にないのだろう。

――憎むというなら、そうすればいい。

だが、どんな目にあおうと、皇族としての誇りを捨てたりはしない。ニルファは一切の感情を消し、受けて立つ決心をし直す。

輿から出ると、イシュクの後ろには何人もの皇族がいるのが見えた。

彼らが立ち会うのだ。

視線を感じてすっと頬に熱が走るのを、ニルファは硬い表情で隠した。

羞恥を知られたくない。

ニルファも、ヤーシャールに参列したことはない。およその知識はあるが、具体的なことは参列するときに教えられる決まりだ。だから、この人数が多いのか少ないのかもわからなかった。

「…っ」

足元がふらつく。顔をしかめてると、すっとイシュクの手が伸びてくる。まるで支えようとしている風に見えたが、ニルファはその手をぱしっと払いのけた。

　儀式は逆らえないが、魂まで従うつもりはないという意志を示したかった。

　――お前に、いいように嬲られたりはしない。

　胎后の衣装は裾を床に長く引く仕様で、歩くたびに衣擦れの音がする。

　部屋は胎后宮と同じように水路が引かれ、美しい泉が造られている。先帝の時はシンプルなものだったが、今は睡蓮《すいれん》が浮かび、イェクターの小さな灯りが水底から花の姿を照らしていた。

　重々しかった絨毯もカーテンも取り払われ、白い床が剝き出しになっている。

　灯りは極限まで落としてあった。配慮だろうか、こちらからも参列する皇族の顔があまり見えない。

「！」

　寝台まで近づくと、膝裏を掬うようにしてイシュクに抱き上げられる。ニルファはとっさに抵抗しようとしたが、思ったよりもそっと寝具の上に置かれた。

「……」

　奇妙な気分だ。

　受胎の儀式は、昔、胎后が併合した国の姫君だったことからはじまっている。

　間違いなく、両国の血は交わったのだという契約の証だ。そのために、どちらの国からも見届け人が参列したのだという。

　イシュクがしゅっと肩のローブを外し、上着を脱ぎ捨てる。ネクタイを取り、シャツを脱いだ時、背後からは息を呑む声がいくつもあがった。

　――イェクターが……。

　ニルファも寝台に寝かされたまま、その左肩を割り裂くように覆う青い鉱石に、思わず目を奪われた。こちら側から見て驚くほどだ。おそらく背中側も、相当な部分までイェクター化しているのだろう。

驚いて見つめるニルファに、イシュクが服を脱ぎながら一瞬苦い表情をする。ニルファは、父親の言っていた言葉を思い出した。

《ザッラード家が、イシュク殿下の御徴の大きさを訴えて…》

こんなに広範囲な御徴を見たことはない。ニルファも、これを皇帝が知ったら、イシュクを後継者にせざるを得ないだろうと思った。

――ずっと、隠していたのか……。

イシュクの真意はわからない。けれどニルファには、それが自分への配慮だったように思えてならなかった。

――お前はずっと、私を立てていてくれた。

本当は、こんなにもはっきり後継者としての資質が違っていたのに、それを明かさなかった。

即位する直前で、わざわざ神殿まで来るのは、どれほど難しかっただろう。そして、帝位を失うかもしれないほど危険な告白をしてくれたのだ。

――それなのに……私は……。

イシュクを傷つけただけだった。こんな風に、恨まれずにはすまないほど、彼を苦しめたのだ。

――イシュク……。

肌を晒したイシュクが寝台に上がってくる。ずっと、身体を見る機会がなかったので、ニルファはイシュクの引き締まった肉体を凝視してしまう。

「…」

肩も胸も均整の取れた筋肉が付き、くっきりした腹筋と、引き締まった腰が無駄のないラインを描いている。ニルファも決して華奢というわけではないが、体格差ははっきりしていた。

イシュクが見下ろしてくる。ニルファが一瞬身構えると、イシュクは最後に、覆っていた黒い眼帯を外した。

青と金の、オッドアイのようだ。

「……」

両眼で見つめられ、不覚にも見つめ返してしまうと、イシュクが覆い被さるように顔を近づける。なんだろうと思う間もなく、ニルファは接吻《くちづ》けられた。

「…っ」

しっとりと唇を重ねられ、顔を傾けたイシュクが、ニルファの唇をこじ開けようとしてくる。ニルファが思わず腕を動かそうとすると、唇を塞《ふさ》がれたまま両腕を装具同士でかちりと留める音がした。

「！」

輿の時と同じだった。透かし彫りの模様に凹凸《おうとつ》があって、それを左右で嵌め込むと留められるようになっている。コツがあるのか、自分ではどうやっても外れなかった。

「っ……ッつ！」

抵抗しようともがく。だが、手の自由を奪われたまま、顔を両手で包まれて固定されてしまう。

「っん……ん……」

歯列を割られ、ぬめりとした舌が入り込んでくる。ニルファは肉厚の舌が口腔を掻き回す快感に、くぐもった喘ぎをあげた。

「んぅ……っ…」

ヒートで敏感になった粘膜を擦られ、逃げ回る舌を捉えられて強く吸われる。脳が沸騰しそうな刺激に、唾液が溢れ、喉を反らせた。

「ぅ……ぁ…」

口腔内に快感が広がる。

「ん……く……」

舌裏を舐《な》め上げられ、肉厚なイシュクの舌が口腔を犯すように掻き混ぜる。

深く激しい接吻に、唾液が唇の端から喉へと伝い落ちた。鼓動が早鐘を打って、呼吸が苦しい。

――イシュク……。

あんなに屈辱だと思っていたのに、まるで愛情をぶつけるように求められ、ニルファも、抑えていた感情を消しきれなかった。

「っつ…」

本当は、自分の中にもイシュクを身体ごと求める想いがある。

――こんな……形でなければ……。

「ぁ…っつ」

唇は離れたが、今度はイシュクの唇がニルファの耳朶をやわらかく食《は》んでいる。下半分は宝石のようにきらめいていて、本来、感覚はない。

けれど、イシュクの体温が伝わってくる。

熱い粘膜に挟まれる感触に、背中へ震えが走り、ニルファは仰《の》け反《ぞ》るように反応した。

「ニルファ……」

――え……？

「許せ…」

小さく耳元で囁かれた気がした。だがそれは自分にすら聞こえるかどうかというほどかすかで、次の瞬間に肩ごと身体をぎゅっと抱きしめられる。

「…っん」

ニルファは思わず目を瞑った。すると、次の瞬間に身体がふと離れ、目を開けると、イシュクは半身を起こしていた。

「！」

両膝を摑まれ、ぐっと折り曲げられる。反射的に、足首の装身具を、大腿《だいたい》部の金具に嵌め込むのだとわかった。

そこを留められると、足首は臀部《でんぶ》からまったく離せなくなる。そして予感通りに、縛められた脚は大きく広げられ、受け入れる場所を晒してしまう。

服は脱がされていないから、かろうじて周囲からは見えにくいだろうが、合わせははだけ、イシュクには丸見えだ。

「ぅ……や……」

やめてくれという懇願が喉元まで込み上げ、必死で噛み殺す。イシュクは広げたあられもない場所に顔を埋め、舌先で丹念に窄《すぼ》まりをこじ開けはじめた。

「っ……っぅ……っく……っ」

声を殺しても、舌先がちろちろと入り口を舐める刺激に、背中が浮き上がるほどビクっと反応してしまう。やめさせたくて、必死で頭の上で留められていた腕を振り下ろす。

だが意味がない。両腕の内側が装具で留められている。振り下ろしたところで、お行儀よくひじを揃《そろ》えて腹の上で収まっているしかないのだ。イシュクは官能的な眼でちらりとニルファを見上げると、さらに舌を孔の奥へとねじ込む。

「っつあ……」

ドクン、と大きなうねりが腰全体に広がって、触れられてもいない性器が蜜《みつ》を噴き出してしまう。

「ぁあっ……はぁっ……はぁ……っ」

いきなり来た絶頂に、ニルファは胸を上下させて激しい息をこらえたが、舌が離れると、その内側はいつまでもヒクヒクと引き攣っていた。

「く……っ……」

身体の内側が疼く。キュッと奥が締め付けられて、こらえても衝動が収まらない。

——苦しい……。

身体の奥深いところが、与えられた刺激で覚醒したかのようだ。

もっと強い何かを求めている。甘苦しい餓《う》えに、ニルファは熱い溜息をこぼしながら涙を滲ませた。

決して見るまいと思っていたのに、イシュクを見上げてしまう。

——……ぁ。

イシュクの眼が眇められ、熱いものが脚の間に押し当てられる。同時に、ぐいっと腕輪で縛められた両手を取られた。

「ぁ……っ！」

イシュクが腰を進める。足枷で目いっぱい広げられた最奥に、滾《たぎ》った肉芯が一気に挿《い》れられ、ニルファは衝撃で息を呑んだ。

「ぐ……ぁ……」

肉襞《にくひだ》を、硬い何かが押し分けていく。ニルファは腰が割り砕けそうなほど太いものに貫かれ、小刻みに痙攣した。

――苦し…い……。

凄まじい圧迫感がある。受け入れた場所はみっちりと限界まで広がり、浅い喘ぎを繰り返してしまう。けれど、イシュクが縛めている両手をぐっと手前に引くと、身体を貫いているものはさらに奥を突き、信じられないほど強い刺激が生まれた。

「ぁあっ……！」

奥のほうにある何かに当たる。


取り繕う間もない。灼《や》けるような衝撃で、腰が跳ね、イシュクは眉根を寄せて、こらえきれないように腰を動かした。

「…っく……ぁ」

ぬちゅっという生々しい音を立てて、肉芯が秘所を出入りしていく。注挿《ちゅうそう》を繰り返されるたびに、ニルファは悲鳴のような嬌声《きょうせい》をあげた。

「ぁあっ…あっ、ぁ、ぁっつ」

イシュクの逞しい手が、がっちりと両腕を摑んだままニルファの身体を逃がさない。腰を打ち付けられ、最奥を嫌というほど突かれる。

周囲の息を呑む声が聞こえた。わかっていても悶える声を抑えることはできない。

「う、ぁ…っ、ぁ、ぁ、い……」

おかしくなりそうな絶頂が何度も噴き上げる。ガクガクと腰を震わせて悶えることに耐えきれず、ニルファは喘ぎながら拒んだ。

「ぃ……ぁあっ……嫌、だ………ぁ、ぁあっつ！」

身体を愉悦が走り抜ける。背をたわませて仰け反り、透明な体液しか出せない性器からは何度も絶頂を迸《ほとばし》らせた。だが、凶器のような猛《たけ》りは身体を貫き続ける。

――あ…あ……助け、て……。

終わりのない責め苦のような快感に、ニルファは全てのプライドを捨てて懇願した。

「やめ……っつ、止め、ろ……ぁ、ああっ、あ、……ぁん……ああっ！」

頭を振ってもがく。周囲の視線は突き刺さるように感じるが、かまっていられなかった。こんな絶頂が続いてしまったら、自分は狂ってしまう。

「嫌、ぁ、ぁあ……あ！」

ずん、と限りなく奥まで突き詰められ、体内に熱い何かが放たれる。少し荒い、低い吐息が聞こえて、ニルファはゆっくりと身体を侵していたものが引き抜かれていくのを感じた。

◆◆◆

イシュクは、通例の会議を終えると、供を連れずに議場を出た。

議場の空気はよいとは言えない。

政務はきっちりこなしているし、不備を指摘されるようなことはないが、スムーズにいっていないのは本当だ。

「……」

水路のせせらぎを耳にしながら歩き、イシュクは我知らず溜息をつく。

大臣たちとぎくしゃくしている原因は、胎后問題だとわかっている。ニルファを助けるためとはいえ、イシュクが大臣の挑発に乗って儀式を敢行したことで、事態は余計にこじれた。

大臣は面子《メンツ》を失ったし、倫理的にも禁忌とされている同性姦淫を皇帝が行ったことで、品位を問う声があがっている。

さらに、ニルファには〝奸計《かんけい》に堕された皇子〟として、同情票が集まりはじめていた。

口さがない宮廷の人々は、〝この事件の本当の首謀者は誰か〟という話題を繰り広げている。ニルファがあんな目にあったのは、皇女の逆恨みからだけでなく、かつての好敵手だった皇子を潰すために、皇帝が陥れたのではないかというのだ。

直接言われれば否定もできるが、陰でひそひそと囁かれているのでは訂正のしようがない。イシュクは、諸侯との間に隙間を感じながら、どうにもできずにいた。

「……」

本当は、ひっそりとニルファを抱き、ヒートを鎮めたあと生家に帰して、七人の胎后のうちの誰かを娶れば、丸く収まったのだとわかってはいる。だが、それでもニルファを胎后にすると公言したことは後悔していない。

――ニルファ……。

ニルファの身体のことを考えて、胎后宮に留めておきたかったのもある。けれど本心では、彼をどこにもやりたくなかったのだ。どんな形であれ、ニルファを手に入れるという、本来なら有り得ない奇蹟《きせき》を得た。

嫌われても憎まれても、手放すことができない。

胎后宮が近づくと、イシュクは入り口を護る衛兵に命じて、世話を引き受けているスィミンを呼び出す。

スィミンは神殿の人間が着る、簡素な白い長衣姿だ。身分が低いので、筒袖に足首までのすとんとしたシルエットで、共布の腰帯で留めているだけだった。

スィミンはそっと扉の間から滑り出てくると、イシュクに頭を下げる。

「様子はどうだ」

「一時間ほど前から、ピークに入ったようです」

「そうか…」

イシュクは頷くと扉に手をかける。察したスィミンは、そのまま部屋の外に留まった。

ニルファにとっては屈辱だっただろうが、〝儀式〟の効果はあった。情交は確実にヒートの症状を和らげるのだ。

だからイシュクは、ニルファのヒートがピークに入った時にだけ部屋に入ることにしている。自分の顔を見るのは嫌だろうから、スィミンに容体を聞いて、症状が収まっているようであれば、そのまま自分の部屋に戻る。安静期の間は、少しでも身体を休めてもらうためだ。

できるだけ音を立てないように扉を閉める。

部屋には透かし壁から光が降り注いでいるが、やわらかな紗のカーテンでそれを遮っている。心地よく水のせせらぎが聞こえるが、同時に、部屋の一番奥の寝台からは、切なげな呼吸がする。

寝台を取り囲む幕は、それぞれの柱に飾り紐で留められている。大きな円形の寝台には、ニルファの美しい銀色の髪が乱れて広がっていた。

「…ニルファ」

「……」

近づくと、ニルファは苦しそうに眼を眇めて見上げ、黙っている。

ヒートのせいなのだろう、白い頬が上気していて、寝台には抗いがたい甘い薫りが満ちていた。

高貴な百合を思わせるような、重い匂い。それはまるで花蜜に吸い寄せられる蜜蜂のように、イシュクを平静でいられなくする。

ニルファは複雑な表情をしている。

本当は来訪を拒みたいのだろう。けれど、情交がヒートを鎮めるというのもわかっている。

――俺を拒否したくても、できないんだろうな。

どう受け止めてよいかわからない表情のまま、ニルファはすっと顔だけ横へ背けた。そのまま身体をひねって背を向けられかけてしまい、イシュクはシャツを手早く脱いで寝台に片膝で乗り上げた。

完全に身体ごと拒絶されてしまいそうで、服を脱ぐ手間すら急いでしまう。

「…っ」

肩に触れるだけで、ニルファの身体はビクリと揺れる。イシュクは心の中の苦い感情を閉じ込めた。

――身体だけでもいいと決めたのは、俺だ。

心を閉ざされるのは、最初からわかっていたことだ。そう自分に言い聞かせながらも、愛した相手が顔を背けることに、心が痛い。

――お前は、決して俺のものにはならない…。

無理やり振り向かせる度胸はなかった。そのままニルファの背をそっと撫で、その首筋に顔を埋《うず》める。

「！」

ニルファが息を殺して反応する。イシュクはその愛《いと》おしい身体をなぞった。

なめらかな腕、薄い背中。細い腰。胴をだきとめるように抱え、綺麗に骨の浮いた首から背骨へと唇を伝わせる。脇腹をなぞっていた手は、抱き寄せながら自然に腰骨や鼠径《そけい》部へ触れてしまう。

「…っ……ぅ……」

声をかけることもできない。会話すらない情交だ。けれど、それでもいいとイシュクは思った。

――お前に、触れられるなら……。

しっとりとした肌に触れるだけでゾクゾクする。腿の付け根に指を這《は》わせると、ヒートの熱を持て余した中心は、ビクビクと滴をしたたらせていた。

指を絡めると、ニルファが声をあげ、切なそうに喉を反らせる。

「ぁ…っ」

しなやかに背がたわむ。イシュクは片方の手でニルファの腰を掴んで引き上げ、膝で立たせた。

うつ伏せたまま膝で這うような姿勢は、ニルファの矜持《きょうじ》を傷つけるような気がしてしまうが、顔を見ずに触れるには、背中側から抱くしかない。

イシュクは後ろから覆い被さるように抱きしめ、吐精し続けている場所を扱《しご》いた。

「ぁ…ぁあ…っ……っん……」

心を持っていかれそうな、淫《みだ》らで甘い声だ。ニルファが身を捩るたびに、イシュクは逃がさずに胴を抱きしめ、蜜を垂らす場所を責めた。

「は…ぁ、ぁ、ん……んんっ」

ニルファは透明な体液をしたたらせ、少しだけ見える横顔は、ずっとこらえるように固く目を閉じている。けれどその眦には愉悦に満ちた涙が滲み、喘ぐ桃色の唇も官能的な白い喉も、何もかもが自分の欲情を煽《あお》る。

「っん…」

見ていられなくて背中に接吻《くちづ》け、その白い膚《はだ》を吸い上げる。片手に絡めた芯は淫らに蜜を垂らし続け、擦り上げると卑猥《ひわい》に濡れた音を立てた。

「ぁ…っつ、ぁ、ぁ、は……」

胴を抱えていた指先に、小さく凝《しこ》った胸粒が触れる。尖《とが》ったそれを指先で嬲ると、ニルファは耐えきれないようにもがく。

「ぁあっ…あっ……ぁ、ぁ…ん」

粒を捏《こ》ね、指の腹で押し潰すと、背をビクビクッと痙攣させ、その白い背がいっそう艶めかしくたわむ。凝った蕾《つぼみ》は充血してうっすら桃色に染まり、ニルファがどんなに拒んでも、その反応を追って嬲らずにはいられない。

「ぁあ……っ、や……、や、め……ぁ」

弄《いじ》られる衝撃で、懇願が途中で呼吸に呑み込まれてしまう。切羽詰まった声が天蓋に響き、それはイシュクの自制心を振り切らせるのに充分だった。

――ニルファ……。

下腹はとっくに猛って硬く反り返っている。イシュクはニルファの芯を縛めていた指を外し、自分の服の前立てをくつろげた。

そそり立つものは、腹に付きそうな勢いで滾っている。イシュクはニルファの蜜に濡れた指で、受け入れる場所を拓《ひら》いた。

「っ！」

ビクン、とニルファの腰が揺れる。膝の間に身体を進めてその場所をもっと開かせると、ニルファは一瞬振り返りそうになったが、シーツを握りしめて顔を埋めてしまう。

屈辱なのだろう。嫌なのだとわかっているが、それでも抱きたい衝動に勝てない。

――許してくれ……。

ヒートを収めるためだから…と心に言い訳をしながら、こらえきれないほど猛ったものを、ニルファの身体に押し挿れた。

「ぁ……っ……」

ぐっとニルファの拳《こぶし》がシーツを引き寄せる。だが、同時に触れてもいないニルファの性器が何度目かの射精をした。

辛くないか、ニルファの反応を待って動かずにいると、いくらもせずに内襞がヒクヒクと痙攣してくる。

悩ましいほどみっちりと襞が吸い付き、イシュクも快感でぶるりと尻が引き締まった。

「ぅ……ぁ……」

キュッと入り口が締まり、ニルファがくぐもった喘ぎを漏らす。昂《たかぶ》った身体が火照《ほて》り、甘い薫りがよりいっそう重くなる。硬く反った芯が疼いて、イシユクもこれ以上じっとしていられなかった。

　細い腰骨を掴み、抑えきれない衝動のままに腰を動かす。激しさを増すにつれて、ニルファの声は切実な響きに変わったが、どんなに啼《な》かれても、止めようがなかった。

「あぁっ、あっ、あ…っ、ぁ、あっ」

　ニルファの内へと、血管を滾らせた肉芯が注挿する。先走りで濡れたいやらしい音と、双丘を割り貫く光景は淫猥だ。

　けれど、誰にも触れさせたことのない、ニルファの身体の奥深くまでを自分で満たしているのかと思うと、興奮を収められない。

「ぁあ……っ、は、ぁ……っ、っ、ぁあっ」

　銀の髪が乱れて揺れ、喘ぐニルファの唇から、官能的な赤い舌が見える。愉悦に苦悶して眉根を寄せた表情も、掠れた呼吸も、たまらなくイシュクを煽った。

　腰を打ち付ける音と、ニルファの嬌声が響く。イシュクも腹の底から獰猛《どうもう》な衝動が湧き上がって、犯し尽くしたい欲望に勝てない。

「あ……く…っつ、や…あ、あ、ああっ…」

　ニルファは背をたわませ、ビクビクッと絶頂を繰り返している。貫いた肉襞は淫らに吸い付き、ニルファが達《い》くたびにもっていかれそうなほど痙攣した。イシュクも、低く荒い呼吸が止められない。

――ニルファ……。

「ぁあっつ、ああ、あ、あっ」

　獣のように覆い被さり、胴と肩を腕で縛めて、ニルファの奥深くまで抉っていく。ニルファは愉悦に涙をこぼし、助けてくれと懇願するが、イシュクには止められない。

――お前が欲しい。

　こらえきれない快感に、何度となくニルファの中に精を放つ。けれど、吐き出しても吐き出しても欲求が収まらない。ニルファが泣くほど嫌がっているというのに、自分は最低な奴だと思いながら、ニルファを求めてしまう。

「あ、ああっ、んっ、んんっ」

情交の間だけは、ニルファを抱きしめていられる。歪んだ愛情に自分で愛想を尽かしながら、イシュクは苦い幸せを味わっていた。

◆◆◆

イシュクが去ったあとの部屋で、ニルファはひとりじっと寝台に横たわっていた。

「……」

ここからは、部屋の中央にある美しい四阿が見える。薄紫の花を絡ませた白い柱と、さやさやと水面で微風になびく緑の葉が綺麗だ。

——……。

嵐のような衝撃の波が引き、身体は気だるい重さに包まれていた。

下腹部には、甘い痺《しび》れがまだ残っている。

——イシュク……。

自分がどんな声をあげたか、思い出すと恥ずかしさで頬が熱くなる。だが、イシュクの肌の感触を、どうしても思い返してしまう。

「……」

熱い皮膚が背中に触れる。肌を吸う唇も、抱きしめる腕も自分を蕩《とろ》かしてしまいそうだった。

——ヒートのせいだけではない……。

苦悶に目を閉じる。言い訳のしようがない。自分はイシュクに抱かれて感じ、際限なく達ったのだ。昂ったイシュクのそれに、腹の奥深くまで穿《うが》たれるのは、快感以外の何ものでもない。

はしたないという自己嫌悪と、素直になれない気持ちがせめぎ合って、ニルファはシーツに顔を埋めた。

腰を摑んだ骨太の指の感触。背中に触れる唇の熱。注がれる愉悦そのものにも翻弄されたが、それ以上に、肩を摑んで抱きしめられるその腕の強さに心が引き絞られる。

――イシュク……。

焦がれた相手の体温を感じながら抱かれて、これ以上の快感はない。ともすれば、振り向いてイシュクを抱きしめてしまいそうになるのに、心がそれをセーブする。

これが、男女だったらどんなにいいだろう。愛した相手に胎后として選ばれ、昼夜をわかたず情を注がれるのだ。

――だが、私は男だ。

スィミンが言った「陛下の御命」というのは、未だに納得できない部分がある。そして、こうして抱かれる日々を過ごすうちに、最初の猜疑《さいぎ》心は消えていた。

これは、憎しみによる復讐とは違うのではないかと思うのだ。

泉に沈めようとしたのは間違いなくアーファーリンだ。けれど彼女をどう説き伏せたのかはわからないが、イシュクの目的は自分を無理やり胎后にすることだったのではないかと推測した。そうでなければ、何故男の自分がここにいるのか、周囲の状況を含めて考えても合点がいかない。

何よりも、イシュクの態度からは、愛情しか伝わってこないのだ。

――……。

けれど、自分が子を身籠ることは決してない。

ヒート期を過ぎれば、ここにいる理由も、イシュクが自分を抱く名目もなくなる。

その時、自分はどうすればよいだろう。

ただ神殿に戻って、何事もなかったかのように余生を送ることはできるだろうか…。

――イシュク……。

それを考えるたびに、背中から抱きしめられるあの感触を思い出す。まるで、行くなと引き留めているような腕に、振り向いてしまいそうになる。

「………」

いっそ、振り向いてしまえばいい。そう思うが、実際にはできない。

――あと数日しかない。

ヒート期間は約一か月だと聞いている。すでに、あれほど強かった衝動の熱は、ピークを過ぎた感じがしている。

せめて、名目がある間だけでもイシュクを見つめ、その身体に手を伸ばしてしまえば…と考えるそばから、それを失った時を思ってしまう。

あの腕から引き離され、またひとりになって生きていけるだろうか。

男の胎后など有り得ないのだ。ならば、このまま心を断絶しておくほうが、痛みが少ないのではないかと思う。

「……臆病なことだ」

自嘲気味に呟く。だが、本当のことだ。

いつでもそうだ。まず足を踏み出すイシュクに比べて、自分はいつも慎重になりすぎて動くタイミングを失う。

今回のこともそうだろうと思う。ヤーシャールの身代わりがどう仕組まれたものにせよ、こんな形に持っていけるのは、イシュクの行動力なのだろう。

――私には、できない。

常識から外れることができない。つまらない人間だとわかっているが、集団の価値観から外れることが苦手だ。

だからこそ、こんな規格外の状況に、この先どうしていいかわからなかった。

鬱々《うつうつ》と悩んでいると、寝台の向こうから、静かに声をかけられた。スィミンだ。

「ニルファ様、ライリ様がお見えです」

もし、体調が許すようなら面会したいと申し出ているらしい。ニルファはしばらく考え、身を清めてから会うと告げた。

泉に沈められてから、医師とイシュクにしか会っていない。

宮廷にも、色々流言飛語が飛び交っているだろう。本当はあまり身近な人間に会いたくはなかったが、皇女のことも宮廷のことも、きちんと話が聞けるのは妹ぐらいだろうと思う。

ニルファはスィミンに沐浴《もくよく》の準備をしてもらい、いくらか待たせてから妹に面会した。


「お兄様…」

部屋の中にある四阿に通された妹は、深紫のドレスに、同系色のショールを羽織っている。ニルファは胎后の装束だ。あまりこれで人前に出たくはないが、他に着る物がない。

帝国の女性は、基本的にハイウエストで切り替えた床までのドレスをまとう。脚の露出はあまりないが、胸元や肩、腕は露わにすることが多い。それを、ビーズや刺繍を施した長いショールでさりげなく覆うのが嗜みとされた。

黒髪の妹は、きりっとサイドを結い上げて後ろの髪を下ろし、瞳と同じエメラルドグリーンの簪《かんざし》で留めている。

妹には、生家を出た時以来会っていない。どんな顔をして会えばよいのかと構えたが、ライリはいつもと変わらなかった。

「お加減は…歩いても大丈夫なのですか」

「ああ…今は問題ない」

妹は余計な詮索はしなかった。ただ、スィミンへ視線をやり、席を外すように命じる。

　そしてふたりきりになると、ライリは宮中の状況を説明しはじめた。

「お兄様は陛下に謀《はか》られたのだと、もっぱらの噂です」

　予想できることだ。だが、ライリの懸念はそこではなかった。

「私はアーファーリン様から経緯を伺っています。ですから、その噂には納得がいかないのです」

　皇女は神殿に来た際、イシュクがニルファを追ってきたのを見つけ、そのやり取りを立ち聞きして逆上したらしい。

「その時、興奮して泣いたアーファーリン様を、その神殿の司祭様が慰めてくださったそうです。『必ず気の済むように罰を与えてあげるから、とにかく彼らに任せて一緒に城へ帰るように』と……」

　スィミンの説明と食い違っている。

「彼ら、とは誰のことだ？」

「わからないのです。ただ、アーファーリン様のお話では、その者たちは神殿にいた者で、彼らがお兄様を捕縛し、パルフに乗せて宮殿まで運んだのだとおっしゃっておられました」

「……」

　パルフの密閉性が災いしたのだ。パルフは軍の空挺のように、機体に窓がない。皇女が使ったパルフには彼女の紋が入っているから、中をあらためられることなく城の奥まで直接入れる。

「操縦していたのは、スィミンだと思うが」

　司祭は、はじめにスィミンがパルフを操縦できると言っていた。

「……スィミンをここへ呼んでくれ」

　スィミンが嘘をついているのか、アーファーリンが保身で偽りを話しているのか、双方から聞き取らなければどちらとも言えない。

　だが、しばらくして戻ってきたライリは緊迫した顔をして頭を横に振る。

「お兄様…スィミンがいません」

　衛士に探させているという。ニルファも扉の外まで出て、改めて城内、城外を問わずにスィミンを探すように命じた。

「神殿にも、身元を問い合わせてみよう」

　――あまり、疑いたくないが……。

　彼に、怪しいところはなかった。

　神殿にはもう五年務めていると聞いていたし、よく身の回りを世話してくれていた。人となりにも、卑しさは感じなかった。

　――いや…むしろ……。

　それこそが違和感ではなかったか…とニルファは思う。

「お兄様…？」

　――司祭は、〝下男は文字すら読めない〟と言っていた。

　改めて考えてみると、そこまでの教育水準で何故パルフが操縦できるのだろう。パルフは、富裕層や貴族階級の乗り物なのだ。

　そう考えると、スィミンのそつのない動きがとても怪しく思えた。辺境の神殿で下働きをしていた男にしては、宮殿での作法に馴染《なじ》みすぎているのも気になる。

　――だが、スィミンに邪心は感じられなかった。

　私欲というものをあまり感じなかった。穏やかな眼をしていて、贅沢に憧れるとか、卑屈さや憎悪のような負の感情があるようには見えない。だから、ニルファにとっても居心地のよい下男だったのだ。

　もし、彼が何かを画策していたのだとしたら、何が目的だろう。

「……戻ってくるのを待つしかないか」

ライリとふたりで部屋へ戻る。すぐに見つかるかどうかわからないが、そもそも、逃げたわけではなく、単に所用があっただけかもしれない。

スィミンには、献身的に世話をしてもらった。彼のような寡黙な人間でなければ、こんなあられもない状態は、とても見せられない。

何かの勘違いであってほしい。そう願うが、説明の食い違いは消しようがない。

「お兄様、今回の騒動で、宮廷は分裂しかねないほどの状況です」

皇帝は孤立している。大臣たちは新皇帝に反発し、本来ならそれを諫めるはずの二家が機能していない。

「ザッラード侯は、皇帝とはいえ、ご自分の説得に耳を貸さないご子息に大変ご立腹で、大臣たちの反感にも、とりなしをなさいません」

当然、自分たち兄妹の父であるムスターク侯も、今回の件には不快感を示している。

ライリはニルファを見上げた。

「陛下は、本当にお兄様に怨恨がおありだったのでしょうか？　もし、アーファーリン様のおっしゃるように、これがただの皇女殿下による暴挙だったら、皇帝陛下は冤罪《えんざい》をかけられたのではございませんか」

本人から見てどうなのかと、ライリは言葉を選びながら訊《たず》ねてくる。

彼女なりに、もしイシュクが無実の罪を着せられているのなら、宮中で事実を訴え、騒動の鎮静化を図るべきだと思っているのだ。

「……私も、彼の意図だったとは思いたくない」

アーファーリンの単独暴走だったのではと思う。けれど、何故衆目の前であのような行為に及んだのか、それを考えるとすんなり庇えない。

――だが、このまま皇帝が孤立するのは、国政として望ましくない。

「状況を報せてくれたことに礼を言う。私も、できる限りのことをしてみる。お前は、もうしばらく皇女殿下の心を支えて差し上げてくれ」

　どうしようもない我儘姫だが、決して性根の悪い女性ではないのだ。

「もう少し落ち着いて、自分以外の人間を慮《おもんぱか》ることができるようになれば、皇女殿下もきっと、ご自分の立場にふさわしい振舞いができるようになる」

「お兄様…」

　スィミンの件は、とにかく本人が見つからないことには進展しない。動きがあり次第連絡すると伝え、ニルファは妹を帰した。

◆◆◆

―――イシュクの孤立を、どう解消するか…。

ニルファは、ひとり残った部屋で考え続けた。

胎后宮は、暮れかけた光で黄金色に満ちている。

　紗のカーテンを巻き上げてあるので、水路は金色の光が波打ってきらめき、四阿も透かし壁も黄金色に反射している。ニルファは眩しく目を眇めた。

　一連の騒動は、真相が掴めない。だが仮に、本当にイシュクが自分に思うところがあって仕組んだことだったとしても、皇帝に非難が集中する事態は避けたかった。

―――新皇帝には、期待と尊敬が集まらなくてはならない。

　喪中の受胎夜という特殊な状況で、イシュクは即位式もまだ行っていないのだ。今から大臣たちとぎくしゃくしていては、周辺諸国につけ入る隙を与えてしまう。

―――国外に話が漏れる前に、収拾させなくては。

アーファーリンが、自分の短慮を公式に詫びてくれればよいのだが、彼女に政治的なバランスをわかってくれというのはまだ無理だろう。それに、自分を公開受胎させたのはイシュクの意志だ。

大臣たちはとても納得できないだろうし、父のムスターク候に調停を頼むのも、おそらくできない。

――私が、出るしかないか………。

最も強力な証言は、宮中で〝被害者〟扱いされている自分が口を開くことだろう。胎后宮に引き籠ったまま姿を見せないことも、憶測を呼んでいる一因だ。

「……」

本来、胎后は儀式を終えると同時に、皇后として皇帝と並び立つ。自分には忌々しい象徴でしかないが、胎后の装飾である金の腕輪や足輪、この衣装さえも、宮廷では権力の証だった。皇帝の寵を得、未来の皇太子を身籠るはずの女性として、宮廷の女性たちの頂点に君臨する。

――私が、イシュクは無実だと話せば、それで済むだろうか。


「……っ………」

身体の奥が、目を覚ましたかのようにぴくりと熱を持ちはじめる。ニルファは、再びヒートの兆候が出はじめたことに顔をしかめた。

――早めに、動かなければ…。

収まってきたとはいえ、まだヒートがはじまると身体は微妙に熱を持つ。その前に、少しでも事態を打開しておきたい。

ニルファは立ち上がると、扉の外にいる衛士に、先触れを命じた。

「急いでいるのだ。私が出向く。大臣との面会を望む旨を伝えよ」

「は…」

呼びつける手もあるが、待っている余裕がない。

支度をしようとして、ニルファは己の姿をちらりと見やり、軽く溜息をついた。

金の刺繍を施された薄布は、豪華ではあるが、薄く肢体を覗かせる煽情《せんじょう》的なものでもある。ヤーシャールに立ち会った者もいるだろう。そもそも衆目の前に出ること自体、覚悟が要る。

　ニルファは、他の衣を取り寄せようかと思って、それをやめた。

　不思議と覚悟のようなものができはじめる。

――どんな姿をしても、私は人前に出れば〝胎后〟として見られるのだ。

　事実は隠しようがない。

たとえ非難の視線を受けても、イシュクはすでにその非難をひとりで受けているのだ。それを思うと、胎后宮に逃げ込んで、ひとり安穏に過ごすことはできない。

「…」

　自分でも苦笑してしまう。こんな状態なのに、自分はまだ皇帝としてのイシュクを支えたいと思ってしまうのだ。

――やはり、お前が望んだように、宰相として仕えるべきだったのかな……。

　ニルファは目を伏せるようにして微笑み、美しい金刺繍のドレスの裾を引いて、広間へと向かった。

日の暮れた宮廷は、思ったより華やかだった。

　先帝の喪に服し、五十日間は宴などの催しを行わない。政務以外は取り立てて行事などなかったはずだが、大広間を抜けると小ぶりな広間に、大勢の貴族たちの姿があった。

　およそ、百人程度での宴に使われる、長方形の間だった。硬化させた真っ白な建材が使われているのは他の広間と同じだが、柱と柱の間に階段状の泉が造られている。半円を描いて交互に重なった泉は、底に鏡が埋め込まれており、シャンデリアの光を受けて、水流にきらきらと光が揺らめく。

音楽こそないが、笑いさざめいている人々の服装は、喪のそれではない。ニルファは眉を顰めながらそれを見た。

――思ったより、宮廷は危険な状態なのかもしれない。

皇帝をないがしろにして、皇族のひとりでしかない大臣が幅を利かせるという状況はあってはならない。ニルファは衛士の先導を断って、広間をひとりで進んだ。大臣は、この奥にいるという。

自分の姿に気付いた貴族が、驚いた目をして振り向く。

「……ニルファ様」

金糸と金のビーズで彩られた装束は床に長く裾を引き、腕輪や足輪の他に、こうした場に出るための金細工の靴も用意されている。懐妊に備えたためなのか、女性の靴としてはヒールが低めだが、本心を言うと、ニルファには極めて歩きにくい靴だ。

だが、顔には出さなかった。進むにつれて両脇はおしゃべりをやめ、驚いて目を見開く人々の垣根が続く。

ニルファは無表情を貫いて歩いたが、内心は、思っていた反応と違うことに驚いている。

――……どういうことだ？

もっと、あからさまな嫌悪や冷笑を覚悟していたのだが、聞こえてくる感嘆と呆《ほう》けたような溜息は、以前と変わらない。

というより、以前とは質が変わっている気がした。会場は波を打ったように静かになり、視線が集中してくる。ニルファはちらりと左右に目をやる。

女性は以前からだから、そう気にならないが、男性が顔を赤らめて凝視してくるのは複雑な気分だ。劣情をそそるのかもしれない。

――それはそれで、不愉快だが……。

遮れるものもないので、仕方がない。ニルファは視線を無視して進んだ。

やがて、見通しがよくなった上座のほうに、大臣をはじめ、幾人かの皇族が談笑しているのを見つけ、ニルファは大臣のもとに近づく。

――皇帝もだが、ムスターク侯も、ザッラード侯もいない。

故意に招かなかったのか、両家がこれを拒んだのか。いずれにしても、皇帝の膝元で派閥の集まりを開くとは悪質だ。

大臣はたじろいでいる。

「ニ…ニルファ殿下……」

お呼びくだされば、参上いたしましたものを…と大臣は平伏低頭で寄ってくる。ニルファは周囲を見回してから大臣に訊ねた。

「主催者はどなたでしょうか」

「わ…私めでございます」

「陛下のご臨席はないのですか？」

「は……それは……あの、これは決して宴ではなく」

ただの懇親の場だと焦ってしどろもどろになる大臣を、ニルファは静かに見る。

手短かに釘《くぎ》をさした。

「諸侯が親睦を深められるのは喜ばしいことです。次回は、ぜひ皇帝陛下にもご臨席を願われるとよいでしょう」

「は…はい…それは、勿論《もちろん》」

「それと…」

ニルファは振り返り、成り行きを見守っている貴族や皇族を見回して宣言する。

「皇帝陛下の胎后問題については、いずれしかるべき結論を出します。それまで、不用意な推測や発言は慎んでいただきたい」

場は水を打ったように静まった。

広さから考えて、公開の場に立ち会ったのは、この中でもほんの数人だろう。ヤーシャールでのすり替えも、その目で確かめられた者はごく僅かだ。

それより、当の本人の発言のほうが説得力はあるはずだ。ニルファは毅然《きぜん》と宣言すると、大臣のほうを向き直った。

「話はそれだけです」

ニルファは元来た道へ戻った。貴族も皇族も、ぽかんと口を開けたまま見送っている。

――ほどよい牽制《けんせい》にはなっただろう。

貴族たちにも後ろめたさがあるようだから、今後、同じような催しがあっても、出席は旗色を見るに違いない。ニルファ自身が胎后問題を口にしたことで、一方的な被害者ではないことも証明できたはずだ。

あまり、よくわかっていない状態であれこれ説明するのは下策だと思っている。とりあえず、今の目的は、皇帝への非難の声を止めることなので、この程度でいいはずだと思った。

――それに……私の身体ももたない…。

胎后宮から自力で出るのも、ほぼ初めてだったのだ。ヒートの症状だけでなく、体力的にも思ったより削《そ》げているのだと自覚した。

そして、平然とした態度で広間を出てから、ニルファはつま先の苦痛に顔をしかめた。女性が、何故この痛みに耐えて歩けるのか、さっぱりわからない。

◆◆◆

気力だけでどうにか胎后宮まで戻ったが、ニルファはそこで倒れた。

衛兵が驚いて医師に報せる。それがイシュクにも伝わってしまったらしい。イシュクは、医師が来るのと同時ぐらいに駆けつけてきた。

「大丈夫なのか」

「お待ちください、陛下。今、拝見させていただきます」

イシュクは寝台の柱のそばで、眉根を寄せて見ている。難しい表情をしているが、心配しているのだとわかるので、ニルファは何故か笑いたくなった。

寝台からイシュクを見上げる。

「心配はいらない。ヒートが来ただけだ」

「だが…」

「以前よりは穏やかな波になっている」

イシュクのおかげだとわかっている。情交がヒートを鎮めたのだ。

時期的にも終息に近いからだろう。確かに身体に疼きは生まれるが、あまり顔に出さずに済む程度だ。ニルファは医師の診察に身を任せながら、穏やかな気持ちになっていた。

――イシュクは、何も変わっていない。

いつも、見えないところで常に気を配ってもらっていた。あまりにも特殊な状況に、自分はイシュクの本当の姿を見失っていたような気がする。


「少し出歩いたので、反動が来たのだと思う」

「…どこへ」

答えようか迷っているうちに、扉が急に叩かれた。

「失礼いたします、お兄様…」

入室を促すと、ライリが駆け込んでくる。イシュクの姿に一礼したが、すぐ報告しはじめた。

「申し訳ございません。アーファーリン様の行方がわからず…」

「…どういうことだ」

半身を起こすと、医師より先にイシュクが支える。

「それが…夕刻ここから戻った時にお姿が見えず。侍女たちにも、行方がわからないそうなのです」

心当たりをあちこち探したが見つからず、そして皇女のパルフが通信を切った状態でなくなっているのがわかり、駆け込んできたのだという。

「私の落ち度です…ずっと侍女たちを付けておいたので、安心してしまって」

「いや、お前のせいではない。子どもではないのだ。自分で抜け出そうとすれば、どこへでも行ける」

問題は、自分の意志ではなかった場合だ。

ニルファはイシュクのほうを向いた。

「実は、夕刻からスィミンの行方もわからなくなっている」

「……関連がありそうか」

神殿から戻ってきた時に、このふたりには接点がある。ニルファは明言を避け、イシュクに頼んだ。

「確かめたいことがある。宮殿内の侍従を、全員招集してもらえないだろうか」

理由を告げずにイシュクの前に集める。ニルファは別な場所から顔を確かめるつもりだった。

イシュクは理由も質さず、黙ってその頼みを聞いてくれた。

――この中にはいない。

一通り、宮廷内の侍従たちの顔を確かめ、ニルファは自分を縛り上げて輿に乗せたはずの人物がいないとわかってから、イシュクに事情を話した。

自分を受胎の泉に沈めたのは、やはりイシュクではなかったのだ。

「ライリが皇女に聞き出したところによると、どうやら司祭が言い含めて、おそらく神殿の下男がパルフに乗り込んだのだと思う」

スィミンが、イシュクの仕業だと吹き込んだことも話した。

「疑って悪かったと思うが、あの時は確かめようがなかった…」

「いや……俺も、とっさのことで、勝手に処遇を決めてしまった……すまない」

互いに、素直に言葉が出た。

自分たちは、もっと早く直接確かめ合えばよかったのかもしれない。

だが、今さらそれを言っても仕方がないことだ。

「スィミンが、何故嘘をついたのかがわからない」

イシュクのせいにする必要が、どこにあったのだろう。悩んでいると、イシュクが神殿に行くことを提案した。

「どちらにしろ、パルフの追跡ができない以上、情報が摑めそうな場所から探していくしかない」

皇女行方不明については、情報が伏せられた。まだ、彼女が勝手に飛び出した可能性もなくはない。

今から神殿に行くというイシュクに、ニルファが驚く。

「お前が行くのか。立場を考えろ」

皇帝自らが出向くような話ではない。そう説得すると、お前は行くんだろうとイシュクに返される。

「それなら同じことだ。お前だって胎后なんだぞ」

「…それは……」

否定する言葉をうまく見つけられない。

「朝までに戻ってくれれば公務には差し障りは出ない」

それに、と真顔で見つめられた。

「お前の身体が心配なんだ。ひとりになどさせられない」

「…」

さあっと頬に熱が走って、どんな表情をしていいのかわからない。ニルファは、出発の準備をするふりをして、視線をそらすのが精一杯だった。

「……それなら、急ごう。時間がない」

衛士が空挺基地に連絡に向かう。ライリは連絡役として居残ることになった。

さりげなく肩を抱える手に胸をざわめかせながら、ニルファは懸命に表情を崩すまいとして空挺基地に下りた。

◆◆◆

空軍の偵察空挺は、パルフの七倍の速度を誇る。なめらかな機体は先端が細く、両翼にブースターを備えた、平たい形をしている。イシュクは手慣れた様子で操縦席のパネルを開き、ニルファは後部シートに座った。

万一に備えて、護衛挺三機、戦闘挺五機が後続に付いている。

浮上して推進すると、イシュクが振り向く。

「無理をするなよ。体調が変化したらすぐ言え」

「……わかった」

パルフと違って、空挺は内部が全方位で外の様子を映し出す。センサーやレーダーにかかったものは、別の拡大画像が開く仕組みだ。

猛スピードで夜の国土を飛びながら、イシュクが言った。

「実は、俺も少しだけスィミンのことが引っ掛かっていた」

どこが、というほど深く考えていなかったという。

「だが、改めて考えてみると、スィミンの顔立ちが気になっていたんだ……彼は、アルマン人の血が入ってるんじゃないかと思う」

隣国の名を挙げ、国境で小競り合いが続いているアルマンは、すっとした顔立ちが多いのだと説明してくれた。

スィミンはそこまではっきりとアルマン系の見た目ではないのだが、言われてみると、やはりやや異国の印象はある。

「国境沿いは、歴史的に民族が入り混じっている。見た目だけで簡単に判断するのは危険なんだが、スィミンは辺境の神殿で下働きをしているにしては、随分できた男に思える」

「…私もそれは同意する」

だからこそ、理由なくこんなことは起こさない気がするのだ。考えていると、空挺はあっという間に神殿の上空に着いた。

もう夜中だ。神殿はすっかり灯りが落ちていたが、次々に着陸する軍用機に驚いたらしく、大門が開いて、司祭が駆け出してきた。

「まあ！　ニルファ様！」

「ナヴィダル殿」

ふっくらと腹の丸さがわかる僧衣姿で、ナヴィダルは何故か狂喜して駆け寄り、イシュクとニルファの前で跪く。

「うまくいったのですね」

――え…？

「そのお姿を拝見すればわかります。胎后になられましたのでしょう？　お喜び申し上げます」

「何を…ナヴィダル殿」

聞き捨てならない言葉に、イシュクは気色ばんでいる。わからずに喜んでいるのは、司祭だけだ。

「どういうことか、説明してもらおうか」

ナヴィダルは凄《すご》みを帯びた声にもまったく気にする様子がない。

「ええ、勿論ですとも。さあ、どうぞお入りくださいませ陛下」


イシュクとニルファは司祭の私室に招き入れられた。軍の護衛官は扉の外で二名が待機し、あとは機内で待機している。

「あの時、私は皇女様をお慰めしていて、偶然、陛下のご来訪を知ったのです」

お茶を…とナヴィダルはティーカップに慎重に茶を注いでイシュクに恭しく捧げた。

イシュクは飲む気にもならないという顔をしたが、ニルファは受け取る。

ナヴィダルの思考が独特なのはわかっている。彼にとって〝世間の価値観〟はどうでもいいのだ。自分のこだわりだけを追求して生きている。

「飛び出そうとする皇女様をお止めしながら、私は結局おふたりのやり取りを聞いてしまうことになりました」

　決して、盗み聞きしようとしたわけではないのですよ、と詫びている。ナヴィダルは、うっとりと宙を見た。

「十年に一度しかないヤーシャールの迫った日に、想い合う殿方がふたり揃う。これは、私に与えられた天啓だと悟ったのです」

　イシュクは、ナヴィダルの陶酔した様子に怪訝な表情を隠さない。だが、司祭は大真面目だった。

「私は、とっさに地下側から入って、ニルファ様の背後に回ったのです。あ、地下は秘密の入り口がいくつもあるんです。気絶させるなんて、本当に申し訳ないと思ったのですが、あの時は今しかチャンスがないと思って……」

　アーファーリンを言いくるめ、なんとかしてニルファを泉に沈める画策をしたという。そのためにスイミンをはじめ、三人の下男をアーファーリンのパルフに同乗させたのだ。

「何故……そんな真似を…」

　眠り薬から麻縄まで、短時間で思いつく限りの装備を手渡したと聞いて、思わずニルファは訊ねた。

「もちろん、おふたりの想いを叶えるためです」

「…」

「おふたりが結ばれ、そして無事に御子をお産みあそばしたら、太古の文書が、本当に事実だったと証明できるのですもの」

「…子…？」

　イシュクも、ほぼ同時に声を揃えた。ナヴィダルは大きく頷く。

「あの泉は男性が身籠るためのもの…。今の胎后制度など、ほんの数千年だけの歴史なのですよ」

　誰も知らない、神殿に埋もれた貴重な古代の記録だと、うっとりと言うナヴィダルを前に、ニルファもイシュクも声が出なかった。

　どういうことだ、と互いに顔を見合わせる。

「……ナヴィダル殿。それは……地下の遺物の中に、そういう文書があるということなのですね」

「ええ……私はずっと、これが真実なのか、ただの神話なのか、本当のことを知りたいと願っておりました」

　だが、泉は王宮の奥深くにしかない。

「ここに閉じ込められた私には、一生縁のないことと、すっかり諦めておりましたのですよ。それが、まさかこのような運命に引き合わせていただけるなんて、これが天意でなくて、なんと申せましょう」

「………」

　どう答えていいのか、ニルファにはわからなかった。ただ、少なくともナヴィダルが、まったく悪気なくやったことだというのはわかる。

　この悪気のない善意が、どれだけ事態を大ごとにしたか…。本来なら詰め寄りたいところだろう。イシュクは眉間に複雑な皺を刻んでいる。

　だが、ナヴィダルは彼なりに、一応、自分たちの気持ちを知って、なんとかしてくれようと思っていたのも事実だ。何よりも、「男子が子を産む」という聞き捨てならない情報を知った以上、ナヴィダルにもう少し詳しい話を聞かないわけにはいかない。

　イシュクは、しばらく鋭い気配を漂わせて沈黙していたが、叱責は口にしなかった。

「…その文書については、改めて詳細を聞かせてもらうとして、取り急ぎ、訪ねてきた本題に入りたい」

「はい。なんでございましょう？」

　ナヴィダルはつぶらな瞳をぱちくりと瞬いている。

「アーファーリン皇女が行方不明だ。城に付いてきたスィミンも姿を消している。心当たりはあるか」

「まあ……」

ナヴィダルは驚いていたが、それ以上はわからないらしい。ニルファは、質問を変えた。

「ナヴィダル殿。以前、神殿に働きにくるのは、貧村の出身者だとおっしゃっておられましたね」

「え、ええ」

「スィミンは文字が読めました。彼は、貴方が教育されたのですか？」

いえ、とナヴィダルは首を横に振る。

「では、彼はどこの村の出身ですか？」

ナヴィダルは、真顔でわからないと答えた。

「ここは、神に仕えたいと願う者を全て受け入れる場所です。ですから、門を叩いてくる者は、拒まず受け入れます」

身元を証明するものがあろうとなかろうと、黙って引き受けるのだ。納税の義務もなく、世帯を持つことがないため、戸籍の管理もない。本当の意味での治外法権な場所だった。

「来る者は、大抵、どこそこの村から来たと語りますが、身元を確かめることはいたしません」

「……不法に国境を越えてくる者だったとしても、目を瞑るということだな」

イシュクが念を押すと、ナヴィダルは黙って頷いた。

「申告してきた本人の言葉を信じる…代々、それが神殿の決まりです」

神殿は、貧困者の救済施設としての性格も持つ。村を逃げ出してきた者も、国を逃げ出してきた者も、等しく保護するのだ。

「スィミンは、賢い少年でした。そのあとから何人か、スィミンを頼って神殿の門を叩く者がいて……でも、他意はございません。私どもはただ、神に仕えて静かに人生を送ろうという人たちを受け入れているだけです」

ナヴィダルに、政治的な意志はなかっただろう。

だが、イシュクは神殿に住む下男を、全員ここに呼んでくるように命じた。

「今から起こして、でございますか？」

「もし不法入国者だったら、朝にはもぬけの殻だろうな」

ナヴィダルは驚いた顔をして、慌てて部屋を出ていった。

ほどなくして、そう広くはない部屋に、神殿中の下男が集められた。ざっと二十人以上いる。

ニルファも改めて彼らを見て、特徴的な容貌に気付いた。半分ほどは、異国から来ているのではないかと思う。

――それなら、文字が読めないのは当然だ。

隣国とは言語が違う。そして、この神殿が崖に埋まるような形で建っていることも、無関係ではないと推測する。

――アルマンとの国境からは、だいぶ離れているが……。

延々と険しい崖の上を移動し、この場所まで来てから下るということなのかもしれない。他の場所とは違って、神殿の周囲は崖を硬化しておらず、土が剝き出しだから植生が豊かだ。ここなら、樹や草を頼りに、下りてくることができるのではないかと思う。

イシュクはびくびくしながら立ち並んでいる下男たちを前に、逃亡者の行方を誰何《すいか》している。

下男たちは押し黙ったままだ。

「拷問など、まだるっこしいことをやっている時間はない。答えない者は順に処刑だ」

全員が引き攣った顔を上げ、ナヴィダルが慌てた。

「へ…陛下……それはあんまりです」

「本来、密入国者は処刑と定められている」

「で、ですが…」

ナヴィダルは床に這いつくばるようにして助命を求めている。

「半分は貧村の出です。本当です」

「皇女の命がかかっている。ひとりずつ外へ出せ」

「待ってください」

蒼白になっている下男たちを前に、ニルファが進言する。

「それは軍のやり方として正しいのでしょうが、私なら、情報取引を提案します」

「ニルファ…」

ここに残っているのは気の弱そうな者ばかりだ。自分を縛り上げた者たちほどの行動力はないと判断した。

――スィミンを頼って密入国してきた者ばかりなのかもしれない。

もし彼がリーダーなら、ここにいる下男たちにとって最も大事なのは、スィミンだろう。ニルファは取引内容を提案した。

「皇女を無事に取り戻すことができれば、スィミンの行動は不問にします」

下男たちを見回す。

「私はここに来てからも、城に戻ってからもスィミンに随分助けられました。私も、彼を処罰する気にはなれません。ですが、このまま見つからなければ、我が軍は隣国へ総攻撃をかけるでしょう。探し出すには、その国を征服しなければなりません」

ここにいる全員と、スィミンをはじめとした、関係者の命を保証すると言うと、下男たちはそれぞれ互いを見合わせはじめた。

どうしよう、という顔だ。ニルファは、ここにリーダーがいないのだと読んだ。皆、誰に従っていいのかわからずに決められないでいる。

ニルファは説得の方法を変え、最も動揺している下男に焦点を当てて問いかけた。

「何故、スィミンは皇女を連れていったのですか？」

「…え…そ、さ、さあ………」

「貧しくて、自ら逃げ出してきたような場所に、わざわざ戻るのは危険でしょう」

それくらいなら、ここで静かに暮らせばいい。スィミンも呼び戻せば、今なら罪には問われない。そう言うと、目の前の下男はぽそりと口を開いた。

「でも、なあ……スィミン様は、国を再興する目標があるから」

戻ってはこないと思う、と申し訳なさそうに言う。ぽそりぽそりと話し出した内容から、彼らの出身は、アルマンの中でも、併合された小さな国のひとつだったとわかった。

「もう、国も土地もないです。だから、スィミン様も諦めてたと思ってたのに……」

「わしら、スィミン様がどこに行ったのかは、本当に知りません」

「…では、せめて元の国の名を教えてください」

――きっと、そのどこかに隠れられる場所があるはずだ。

スィミンの身分を決して口にしないが、敬い方からして支配階層だろうと思う。そうすると、なんとなく皇女を連れ去った理由がわかる気がした。

――イェクター化できる血を持つ皇女を狙ったのかもしれない。

国を再興するには、資本が要る。食うや食わずやの貧民ではまったく望みはないが、もし他国が喉から手が出るほど欲しがっているイェクターを手にすることができたら、国家建設は夢ではなくなる。

イェクターは、結晶構造を変える能力を持つ人間さえいれば、その辺の石ころからでも作ることができる。皇女自身にはなんの能力もないが、運がよければ、彼女の産む子どもに、その能力が現れる。

――正体がばれたと思って逃げ出すついでに、彼女を攫《さら》っただけかもしれないが…。

無計画なほうが、むしろ探しにくい。

イシュクは、廊下で待機していた兵士に下男たちの挙げた地名を伝え、捜索の準備をはじめている。

下男たちは不安そうだ。

すがるようにニルファを見ている。

「……殺されて、しまうのでしょうか」

ニルファはちらりとイシュクと目を合わせ、答えを任せてもらったのを確認した。

「いえ。話してくれたのですから、約束した通り、貴方たちの命は保証します」

心からほっとした空気が流れる。それでも、何人もの下男たちが、スィミンのことを案じていた。

「スィミン様も、お助けいただくわけには…」

「行方がわからなければ、助けようがありません」

「…おいらは、きっとバソの森のほうじゃねえかと思うんです」

今でも、旧臣たちがひっそりと住んでいると言い、ひとりが話しはじめると、次々と下男が口を開く。

「モロハの谷のほうじゃないかな。森じゃあ、アルマンの役人たちに見つかっちまう」

「いや、あんなとこじゃ国は興せねえ。スィミン様なら、きっとキュリハの街中に潜伏されるさ」

当て推量で意見を言う下男たちを見ながら、ニルファは何故スィミンがとっさに嘘をついたのか、わかった気がした。

――この下男たちを、守りたかったのか…。

司祭にそそのかされたのだと答えたら、すぐに神殿に捜索の手が伸びるだろう。身元を調べられたら、密入国者だとわかってしまう。

スィミン以外は、自分の身を守る術を持たぬ、無力な弱者だ。もし見つかっても、彼らの知識では逃げる先も思いつかない。

だから、いずればれるとわかっていても、嘘をつかざるを得なかったのではないか…。

――――……。

スィミンを憎む気になれなかった。だが、皇女のことはやはり心配だ。

「ニルファ、ちょっと来てくれ」

イシュクは廊下に出ていた。兵士が持ってきたパネルで地形を浮き上がらせ、下男たちが口にした地名をチェックしていた。

立体の地図にマークが光っている。

イシュクは、部屋にいる下男たちに聞こえないように、声を潜めてニルファに言う。

「どの線も、可能性はないと見ていい」

全て、国境からかなりアルマンの内陸に入った場所だ。メフ・ルダード皇族の紋が入ったパルフ単機で辿《たど》り着くのは、不可能だという。

「パルフは速度が出ない。国境で捕まるか、追撃されて終わりだ。俺は、スィミンはそこまで馬鹿な奴ではないと思う」

「私もそう思う」

まだ、国内で潜伏しているのかもしれない。そう結論付けた時、部屋のほうから遠慮がちに声をかけてくる下男がいた。

「あの……もしかしたら、なんですけど……」

◆◆◆

イシュクとニルファは、空挺で二百メートル以上ある崖の上に着陸した。

降り立ってみると、そこは砂礫《されき》が続く、荒涼とした場所だ。水がないから、大地はひび割れて脆《もろ》く崩れかけている。

イシュクは漆黒にきらめく空を見上げた。地上から見るより、ずっと綺麗に反射している。

「空が近いな……」

「ああ。だが、その分寒い」

イシュクが、大丈夫か…と上着を脱いで肩に掛けてくれる。背後で、護衛官が声をあげた。

「陛下！　あちらにパルフが見えます」

暗視スコープを目に当て、護衛官は崖のずっと奥を指す。距離はあるが、空挺で移動するほどではない。ニルファはイシュクとともに、護衛官を引き連れて荒れ地を歩いた。

空からの反射で前が見えないほど暗い夜に、護衛官たちが照らすライトで石ころに影が伸び、でこぼこした地面が見える。

やがて、小さなイェクターの光が見えた。掌サイズでパルフの動力用に入っているものだが、暖を得るために取り出したのだろう。護衛官がサーチライトで照らすと、顔も見えるかどうかという闇の中に人影があった。

スィミンは眩しそうに目を眇めていたが、逃げる気も抵抗する気もないようだ。黙って佇んでいる。隣には、フード付マントを着たアーファァーリンがいた。

兵士たちが近づくと、アーファァーリンがスィミンの前に出て両手を広げて庇う。

「やめて！　私は無事よ！」

「皇女殿下！」

「私が人質になることを了解したのよ。この人たちは何も悪くないわ！」

乱暴なことはしないで、と声を張るアーファァーリンに、ニルファは意外な思いで近づく。

「殿下」

「……ニルファ…様」

「ご無事で何よりです。捕縛はいたしませんので、どうぞ落ち着いてください」

アーファァーリンはニルファだとわかると、困ったような顔をして、立ちはだかっていた場所を譲る。

「……申し訳ございません」

　スィミンはその場で膝を折り、深々と額《ぬか》ずいた。

「ここまで来るために、皇女殿下のお身柄を、盾にいたしました」

「私がいいって言ったのよ」

　意外なことに、アーファーリンは懸命にスィミンを擁護している。護衛官らが保護しようとしても、アーファーリンは拒む。

　よく見ると、スィミンから少し離れた後ろのほうに、蹲っている数人が見えた。皆、暗がりで目だけがやけに目立つ。

　荒野に、逃げ隠れできる場所はない。無駄だとわかっているのか、怯えた目でじっと見ているだけで、動こうとはしなかった。

　イシュクが護衛官らに、下がるように命じている。

「少し話がしたい」

「は……」

　イシュクは、顔を上げないスィミンに語りかけた。

「経緯を説明してもらおうか」

　スィミンは素直に話しはじめた。

　彼は、胎后宮でライリが人払いした時に、自分の嘘がばれると覚悟したらしい。

「私は処罰を受ける覚悟でおります。ただ、神殿に身を寄せている同胞と、後ろにいる者たちだけは、どうしても逃がしたかったのです……」

　スィミンの背後にいるのは、アルマン領から逃げてきた者たちだという。

「この崖の上で、下りるのを半月ほど待っております。一度に何人もお世話になると、疑われるので」

　神殿だけでは収容できない。密入国者は、野良仕事の間に近隣で仕事の口を聞き込み、人手の必要な農繁期に、周辺の農家に雇ってもらったりしているという。

この場にいる者たちは、そうした季節労働者たちの支援を受けて、この環境でじっと崖下に下りられる日を待っている…そう説明している時、アーファーリンが突然割り込んできた。

「この人たちを、お城に連れて帰るの」

「殿下…」

「アーファーリン様は、私どもを憐れんで、戻らないとおっしゃっておられたのです」

意外な言葉に皇女を見ると、アーファーリンは真剣にイシュクに訴えていた。

「彼らを私の侍女と侍従にするのよ。だから連れて帰るわ」

イシュクは眉を顰めている。

「軽々しい同情をするな」

「だって…この人たち、こんなところで地面に寝ているのよ？　屋根も壁もないのよ？」

生きられるわけがない、だから城に連れていくと言い張り、イシュクが声を厳しくした。

「それで、この僅かな人数を救ってどうするつもりだ？　逃げてくれれば城に引き取ってもらえるとわかったら、アルマンから大量に難民が押し寄せてくるぞ」

全部引き受けられるのか、と詰め寄るイシュクに、ニルファはやんわりと割って入った。

「殿下のお気持ちは、民を思う、よいお志だと思います」

「ニルファ様…」

国境を守ってきた軍人のイシュクには、現状が見えている。けれど、初めて密入国者を見たアーファーリンには、わからないだろう。

周辺諸国は、みな豊かな帝国に憧れている。イェクターが無ければ、他の動力源は地熱から上がる水蒸気か、人力しかない。大半の国は圧倒的に貧しいのだ。

門を開いたら、人の流入は止められなくなってしまう。けれどニルファは、アーファーリンが持った気持ちを大切にしてほしかった。

「お気持ちに沿って差し上げたいところですが、彼らを城に入れることは賛成できません。神殿に預けるのが、折衷案としてよいのではないかと思います」

そこなら同郷の人間がいると説明すると、イシュクは苦い顔をする。

「密入国を見逃すということか」

「先ほど〝情報を提供した場合は命を保証する〟と約束しました。スィミンを含めて、彼らには赦免《しゃめん》を願いたいと思います」

〝皇帝〟としてのイシュクに頭を下げると、イシュクは軽く溜息をついて黙る。

「…策士め」

「陛下も、あの場でご了承くださったものと思っております」

仕方がない、という顔でイシュクは兵士に、蹲っていた数人の保護を命じた。彼も、暴走しそうな皇女を諌めるために脅しをかけただけなのだろう。

おそるおそる兵に従って立ち上がった男女数人に、皇女の恩赦であると念を押し、特例だとわからせてからニルファを見る。

「これでいいか？」

「ありがとうございます」

スィミンをどうする、と聞かれて、ニルファも彼を見た。神殿に帰す前に、もう少し事情を確認しておきたい。

「とりあえず、一度我々と一緒に城に来てもらいましょう」

神殿の下男たちのことは無事を保証すると言うと、スィミンは深々と頭を下げ、連行される人々とともに、兵士たちの乗る軍用機に乗ることになった。

アーファーリンはそれを心配そうに見ている。

何がそんなに彼女を変えたのだろう。

じっと見ていると、アーファーリンが気付いて、気まずそうにニルファのほうを向き直った。

「……あの……」

足元へ視線を彷徨《さまよ》わせながら、言いにくそうに口ごもる。

「……本当に……ごめんなさい……」

「殿下……」

泣きそうな顔だ。けれど、皇女はきちんと謝罪をしようとしている。

生まれた時から人に傅かれ、たとえ間違っていても、誰かに謝るなどしたことがない姫君だ。ニルファは、皇女の変化に驚いていた。

イシュクも、空挺に戻りかけた足を止めて振り返っている。イシュクが止まるので、兵士たちもその場に止まる。

「…私……あんな大変なことになるなんて、思ってなくて……」

ただ悔しくて、イシュクとニルファが恥をかけばいいと思ってやったという。その後の周囲の騒ぎように、すっかり怯えてしまったようだ。

「……ごめんなさい。本当に、ごめんなさい」

「殿下…」

「私……取り返しのつかないことをして……」

ニルファはそっとその肩に触れた。我儘な行動は多かったが、やはりアーファーリンは素直な女性なのだと思う。

「私個人だけでなく、国としても大きな問題になってしまいましたが、殿下がご自分の行動を振り返られるようになったことは、進歩だと思います」

「…ニルファ様」

ニルファは、涙を溜めたアーファーリンを見た。

あっさり許せる問題ではない。けれど、皇女がこんな事件を起こさなかったら、イシュクに抱かれることはなかっただろう。

「私自身は、殿下に感謝しています」

　イシュクが、金色の目を見開くのが見える。

「胎后とされたことを、不幸だとは思っていません」

　イシュクに触れることができた。一生、想うだけで終わるはずだった相手と、どんな形であれ一緒に過ごすことができたのだ。

　――幸せだった。

　ナヴィダルに感化されたわけではないが、これは特別な贈り物だったのだと思う。

「……ニルファ様、許してくださるの？」

「ええ」

　アーファーリンの目から、涙がこぼれる。両手で顔を覆うと、皇女は肩を震わせて泣いた。

　きっと、問題が大きくなるにつれて、その重さに耐えきれなくなっていたのだろう。

「…っ、もう…お城にはいられないと思っていたの。きっとみんなすごく怒っている……ニルファ様だって、絶対私のことを許してくれないだろうって、そう思って……」

　だから、スィミンが〝神殿までパルフを借りたい〟と頼みにきた時、喜んで人質を引き受けたのだという。

「この人は、何も脅したりしてないの…頼みにきたのよ。助けたい人たちがいるからって……だから、私、今ならお城を出られるんじゃないかって」

「殿下……」

「あんなことをしてしまって……お城にいたくなかったの。もう誰にも会いたくなかった」

　逃げ出したい一心だったとしゃくりあげながら言う。すると、それまで黙っていたスィミンが、少し離れたところから声をあげた。

「陛下、ニルファ様…どうぞ皇女殿下をお責めにならないでください。全ては、私たちが悪いのです」

「スィミン…」

兵士に囲まれながら、スィミンは間から顔を見せ、訴えている。

「皇女殿下は、ただお気持ちを利用されただけです。ニルファ様への狼藉《ろうぜき》は、司祭様の案を、我々下男たちが実行しただけです」

皇女ひとりだったら、どんなに憤っても行動には移せなかった。自分たちがいなかったら、事件は起きなかったとスィミンは言う。

「司祭様のご命令ではありましたが、私は率先して事件に加担しました」

スィミンは物静かな黒い瞳でニルファを見る。

「申し訳ございません。お苦しめするとわかっていて、司祭様のお言葉で自分の心を騙していました」

司祭からすれば、許されない恋を成就させようとしてくれていたのだ。

スィミンの瞳が翳《かげ》りを帯びる。

「ニルファ様のためだと偽りながら、私は、城に潜入できるチャンスに目がくらみました」

「スィミン…」

「今回のこともです」

スィミンは、深々と腰を折るように頭を下げた。

「皇女殿下に、神殿までの同行をお願いしたのは本当です。けれど、心のどこかでは〝もし、皇族の血筋の方が手に入ったら…〟と思わずにはいられませんでした」

アーファーリンが驚いてスィミンを見ている。やはり、実直な性格なのかもしれない。スィミンは言わなくても済むことまで正直に言った。

「私たちの国はもうアルマンに併合されて消えてしまいました。国の再興など、望むこともできません」

領地を奪われ、逃げまどいながら、ただ生きるために国境を越えた。

「それが罪だともわかっています。けれど、運よく神殿で働かせてもらいながら、私はいつか、自分たちの歴史を記録に残し、きちんと後世に伝えていくことで、国の形は残るのだと思うようになりました」

　無理に国を取り戻そうとは思わなかった…と言いながら、スィミンは泣きそうな顔で笑った。

「愚かなことです。そう思っていたのに、城に入るチャンスに遭遇した途端、野心が芽生えるのを消せなかった」

　もしかしたら、メフ・ルダードの至宝・イェクターの生成が手に入るのではないか…。そうしたら、消滅した国の再興が成るのではないか…ニルファのもとで仕えながら、消しがたい気持ちを抱えてしまったという。

　そんな時にライリの話を立ち聞き、もう自分の裏切りが隠せないと悟った。とっさに脱出方法を探しながらも、どこかで諦めきれてはいなかったのだ。

「皇女殿下のパルフなら、誰何されずに神殿まで辿り着ける。仲間に危険を報せて、全てが終わったら私は殿下を城にお送りして自首するつもりでした。けれど…」

　スィミンはアーファーリンを見つめる。

「心のどこかで、皇女殿下にお留まりいただけることを、切望しておりました…」

「スィミン……」

　イェクターが欲しい。それは周辺諸国全てが望むことだ。スィミンは、知性的な眼差しを苦しそうに歪める。

「殿下の善意を利用して、浅ましいことを考えました……申し訳ございません」

「そんなの、当たり前よ！」

　アーファーリンの声に、スィミンが驚く。

「イェクターをつくれないんだもの。誰だって欲しいって思うわ……」

「殿下…」

　皇女は、ニルファやイシュクのほうを見て説得しはじめた。

「私、こんな場所で眠ったり暮らしたりする人がいるなんて、知らなかった……」

　硬化できている首都を例外として、崖の上は不毛の地だ。水を得ることができず、夜は凍るように寒く、昼は焼けるように熱い。

　草木が育たない。だから、人も生きられない。密入国者がここに隠れていられたのも、人が住んでいないからだ。

「イェクターがなければ、灯りも取れないわ。乗り物も動かない。私は、お父さまがどんなに大事な存在だったのか、ちゃんとわかっていなかった……」

　豊かな国の中でも、最も繁栄している首都から下りたことがなく、城の中で何不自由なく育った皇女にとっては、こんな世界があることすら、思ってもみなかっただろう。

「何故、みんな御徴が…ってあんなに騒ぐのかと思っていたの。そんなのどうでもいいのにって考えていたわ」

　けれど、イェクターを生み出せる者がいなくなったら、この国は目の前の避難者と同じように、日々の灯りにも事欠く暮らしになるのだ。

「イェクターがないって、どういうことなのか、初めて知ったの……」

　離れているスィミンを振り返る。

「誰だって、イェクターのある暮らしを選ぶわ。あなたが思ったことは、すごく当たり前のことよ」

「…殿下」

　アーファーリンは、初めて見た〝外の世界〟に衝撃を受けたのだ。当たり前だった価値観がそうではないと知って、何かが覚醒《めざ》めているように見えた。

　――ご成長される、きっかけだったのかもしれない。

自分のことも含めて、たくさんのことが重なった。感情的に暴走したところもあるけれど、アーファーリンは確実に成長していっていると思う。

——……。

不思議で仕方がない。これ以上変わることはないだろうと思っていたアーファーリンが、短期間に、これだけ世界を見られるようになったのだ。

——私も、少しは変わっただろうか。

世間の価値観に縛られない強さを、己の心を解き放てる勇気を、持てる自分になりたい。

スィミンを励ましているアーファーリンを見ながら、ニルファは心の中で密かにそう思った。

◆◆◆

空挺は、城に向かって飛行していた。

密入国者たちは、後続の一機が神殿へと送り届け、スィミンと皇女は護衛機に乗り分かれている。

機内は静かだ。漆黒の夜空と、底面からは樹々の間を流れる白い水蒸気が見え、夜明けまではまだしばらくある。

イシュクがいくつかパネルを操作してから、後部座席を振り返った。

「身体は大丈夫か？」

「ああ」

ヒートは、それが最後の熱だったかのように、身体からすっと抜けていた。

あられもない衝動に振り回されたが、穏やかになってみると、あの強烈な快感を、惜しむ気持ちさえ浮かぶのだから不思議だ。

体調を慮っていたイシュクは、こちらを向いたままだ。

じっと見つめられて、なんだか気恥ずかしくて耐えられない。

「なんだ…？」

「さっきの〝皇女に感謝してる〟って」

ニルファは赤くなった頬を誤魔化すように顔をしかめた。話した時にイシュクがじっと見ていたから、きっとどこかで追及されるだろうと思っていたが、いざ来ると顔を見ていられない。

「……前を見ろ、危ないだろう」

「自動操縦《オート》に切り替えてある。それより、本当に、そう思ってるのか？」

振り向いただけではない。イシュクは身を乗り出すようにニルファに迫ってくる。

ニルファは目をそらして逃げながら、崖の上で願ったことを思い出す。

勇気を持ちたい。世の中が、どんなに自分を認めなくても、イシュクには誠実に向き合いたい。

ニルファは、真っすぐに見つめる瞳を見つめ返した。


「本心だ」

心臓がトクトク鳴っている。イシュクの視線が、まるで肌に触れられたように身体を熱くする。

「……本当は、お前が神殿に来てくれた時、扉を開けて応えてしまいたかった」

「ニルファ…」

「私が踏み出せなかった一歩を、皇女殿下が押し出してくれたのだと思っている……」

イシュクの金色の瞳が、みるみる驚きで見開かれ、そして頭と肩を抱きしめられた。

「！」

「……俺の独り相撲なんだと思ってた」

肩越しに、低いイシュクの声がする。

「俺だけが愛しているんだと……お前にとっては屈辱なだけなんだろうと……そう思って」

――イシュク…。

ニルファは、イシュクの背を抱きしめた。

びくりと黒い正装に包まれた身体が動いて、ニルファはたまらなくなってぎゅっとその腕を強める。

「私も、愛していた…」

ずっとこうしたかった。逃げずに向き合って、愛しているのだと伝えたかった。

イシュクの腕が、ニルファ以上に強く抱きしめてくる。少し緩めてほしいくらいだったが、ニルファは苦しいほどの抱擁を、目を閉じて味わった。

胸がいっぱいで、何も言えない。

イシュクも何も言わず、ふたりは静かに広がる上空の映像の中で、強く互いを抱きしめ続けていた。


夜明け前の城は静かだ。

空挺はゲートに格納され、皇帝とニルファの帰還は、ごく少数の警備をもって行われた。

イシュクは胎后宮へ来ている。どちらからということもなく、ふたりで夜を明かしたいと思っていた。

幕を柱に留めた寝台からは、水路を巡らせた四阿と、その向こうに美しい模様を描く透かし壁がある。今はまだ真っ暗だが、夜が明けると、光で模様が浮かび上がる。

ニルファは寝台の縁に腰かけ、上着を脱ぎ捨てるイシュクを見ていた。シャツをはだけると、左肩の一部が青碧《せいへき》にきらめいている。ニルファは、立ち上がって肩に触れ、背中側を覗いた。

「…大きいな」

肩から肩甲骨の下を通って、まるで肌を切り裂いたように結晶化している。

「いつから結晶化していたんだ」

「……肩は、十五くらいからかな」

もう、瞳だけで結晶化は止まったのかと思っていたのに、さらに進行したのだという。

「これは、結晶化が止まらずに死ぬかもしれないと、

ザッラード侯が焦り出してな」

そうなったら皇帝の後継者から外される。

「だから必死で隠された。俺としてはちょうどよかったが…」

結局結晶化は成長期の終わりに止まった。その頃には、もう軍籍に入っていた。

「そんなに前から…」

この徴を隠し続けていたのかと、すっと背を撫で下ろす。イシュクが目を眇め、ニルファの腰を掬うように引き寄せた。

「候補者に固執してたわけじゃない。ただ…」

「イシュク…」

「俺は、お前と並ぶ者であり続けたかったんだ」

引き寄せた手で、さりげなく腰の装具から留め金が外されて、豪華な金の刺繍をされた布が、肩から滑り落とされる。

素肌で密着すると、イシュクの体温の高さを感じて、蕩けそうだ。

――気持ちいい……。

ずっとその胸に顔を埋めていたくなって、身体を預けた。すると、自分より背の高いイシュクの声が、つむじのあたりで聞こえる。

「……お前を、俺の欲望で穢しているようで、ずっと悩んでいた」

意外な告白に顔を上げる。

「ヒートを理由に、お前を胎后として抱いた」

「イシュク……」

「助けたかったのは本当だ。だが、俺もスィミンと同じなんだ。お前を手に入れるチャンスに、目がくらんで傷つけた…」

許してくれ、と儀式の理由を明かされて、ニルファはそっと抱きしめ返した。

「……すまない。私が、自分の気持ちを隠したから」

愛情は痛いほど感じていた。助けたかったというのが、一番の理由なのだとわかっている。

イシュクが宮廷の非難を覚悟して胎后の宣言をしてくれたのに、自分が素直にならなかったから、イシュクが苦しんだのだ。

愛《いと》おしい身体を、抱きしめながら何度もなぞる。

「私は、胎后になれて幸せだった……」

最後の言葉は、唇で塞がれてくぐもった。

「……ん……」

角度を変えて深く接吻けられ、舌が甘く絡めとられる。腰を抱いている手は尻を掴み、もう片方の手で後頭部を包み込まれ、これ以上ないほどぴったりと身体を重ね合わせていく。

「ん…ふ……」

熱い舌が口腔を満たした。

逃げられないように頭を抱かれて、奥深くを嬲られていく。敏感な粘膜を擦られて、心地よさで唾液が溢れる。

「ん…ぁ…ぁ」

ニルファの、鼻に抜ける甘い吐息が部屋に響いた。

心地よさの中に、興奮が満ちてくる。

イシュクが尻を揉みしだきながら脚を割り込ませてきた。

指の感触に、思わず腰が逃げてしまう。

「触られるのは、嫌か？」

「……っ…ん……嫌では……ないが」

むしろゾクゾクする。何故こんなところを掴まれて感じてしまうのかわからない。びくっと臀部が締まってしまい、話そうとする声が淫らに甘くなった。

「……揉むな……っ…」

「気持ちよさそうな顔をしてるが」

「…馬鹿……っ……ぅ……」

長い指で掴まれたまま、イシュクが自分の身体に引き付けるように揉む。否定の声は熱い吐息になってしまって、あまり制止の役には立たなかった。

イシュクの呼吸も、淫らな響きを孕みはじめる。

「こんな風に抱きたかったんだ」

「イ……シュク…」

「抱きしめたかった」

しっかりと片手が背中を抱える。

興奮で形を変えた芯が当たり、イシュクが、互いを擦り合わせて腰を動かした。ニルファは、じんと染み渡る快感に小刻みに震えた。

「んっ………っ」

太腿で擦り上げられると、切ない感覚が迫り上がってきて、ニルファは、思わず潤んだ瞳をぎゅっと瞑ってしまう。

屈みこむように顔を埋められ、キスが降ってくる。

甘いキス。

激しい希求があるのに、まるで確かめるように静かに唇が押し当てられる。ニルファは、その感触に心臓を高鳴らせた。

唇が離れ、艶めいた低い溜息が頬を掠める。目を開けるとイシュクが覇気の強い眼を眇めていた。

――あ…。

そのまま、ゆっくり寝台に押し倒されてしまう。

「イシュク……」

「お前は、このままずっと俺の后だ」

この胎后宮にいて、生涯をともにしてほしいと乞われる。

ニルファは、神殿の司祭が口にした言葉を、どうしても忘れられない。

「……もし、本当に男でも胎后になれるのなら」

ナヴィダルは、男でも子を身籠れると言っていた。

――そのための泉だと…。

イシュクも、同じ言葉を思い出していたかもしれない。けれど、色気の漂う貌に太い笑みを浮かべ、頬にキスされる。

「胎后でなくても、俺にとって、伴侶はお前だけだがな」

「だが…」

「孕めるくらい、お前の中を満たしてやる」

「…ぁ……」

覆い被さったまま、頬から耳へと唇でなぞられる。くすぐったいような感触に、ニルファは甘い声をあげてしまう。

声を煽ってイシュクが舌先を耳穴にねじ込み、脇腹から腰骨を指でなぞった。

「ん…ぁ……ぁ、ぁん…っ」

熱っぽい愛撫に、肌が震える。

腰骨の装具に沿うように指が侵入して、硬く勃ち上がった周囲を撫でる。それは激しく扱かれた時よりじれったい快感で、腰の奥がきゅんと疼く。

「は……ぁ…」

息が熱くなる。脚や身体ごと、密着して揺すられ、ニルファは気持ちよさに瞳を潤ませて咽《むせ》んだ。

「イシュク……っ……ぁ……んんっ」

肌の触れた部分が、さざ波のように快感を広げる。

――気持ちいい…。

それだけで吐精してしまいそうだ。

けれど、もっと激しい愉悦を知っている身体は、じれったさにうねりはじめた。

身体を貫いていく、あの熱を待ち焦がれて、ヒクヒクと腰の奥深くが熱を孕む。

「ぁ……ふ……っ」

ニルファは切なさに思わずその腕にしがみついた。

――もっと……奥に……。

口にできない希求に、抑え込まれた身体の下で身悶える。イシュクの下腹で滾っているものを欲しがって、腰は物欲しげに蠢いていた。

「ぁ……」

淫らな身体が恥ずかしい。だが疼きを持て余し、喉を反らせて喘ぐと、愉悦で眦に涙が伝い落ちていく。イシュクも、こらえたような低い吐息で問いかけてくる。

「挿れていいか……」

　こくりと頷くと、右脚を膝から折り曲げられる。

　横を向くように姿勢を変えられ、左脚を跨《また》いだイシュクが、開いた場所に先端が蜜で溢れたものをあてがった。

　滴を媚肉《びにく》に塗り込められ、何度も受け入れているものが、襞の奥へと進められる。

「ぁ……」

　ぐっと身体の奥深くまでを肉茎が擦れていく。

　待ち焦がれた快感が、腰の奥からじゅわっと全体に広がって、ニルファは爛《ただ》れた声をあげた。

「んっ……ぁあ……ぁ……」

「ニルファ……」

　腿を持たれてぐっと根元まで押し込められる。ニルファはイシュクの腕を掴みながら、込み上げる気持ちよさにうねった。

「ん……ん……っ…ぁ、んっ…」

　ただそこにいられるだけで、ずくずくと下腹が溶けそうな熱を持つ。イシュクも低い声を漏らした。

「内《なか》が熱いな…」

　雄の秋気が漂う眼を、イシュクが眇める。

　ゆっくりと引き、さらに最奥にある場所を抉られ、灼けるような快感が身体を貫いた。

「あ……ぁあ…」

　知らぬ間に嬌声が迸った。イシュクの滾った芯は、まるで呼応するように硬度を増して、ニルファの内を抉っていく。

「ニルファ…」

　肩に接吻けられ、半身を起こしているイシュクは、そのままニルファの細い腰を掴んで何度も深く打ち付けてくる。

「あっ……あっ、あ……あ、あぁっ、んんっ」

たまらない。絶頂が込み上げて、腰が跳ねる。

ニルファは揺らされながら、苦しいほど切なくなった己の肉茎に手を伸ばした。すると、まるでそれを遮るようにイシュクの長い指が絡められる。

「ぁあっ……あ、あ、…やめ…っ……触る……な」

艶めかしい指の感触に、ビクビクっと腰を震わせて達ってしまう。大きく胸を上下して喘いでいるのに、絡んだ指は離してもらえず、親指の腹が蜜口をなぞって嬲った。

「は…ぅ……」

痺れるような刺激が走って、気持ちよすぎて苦しい。しかも、そうやって煽りながら、イシュクは腰だけでずしんと奥を突いてくる。

「は…ぁ……ぁっ、や、どちらかに……っ」

二方向からくる刺激に耐えられない。

「全部侵したいんだ」

「んっんんっ……んっ」

腰で揺さぶられながら、先端を責められ、覆い被さるようにして唇を塞がれる。声を封じ込められると、込み上げる快感をどこにも出せず、ニルファは拷問のような快楽に悶えた。

「んんっ、んっ、んっ……ん…ぁあ、あ」

甘苦しい。気持ちよくて咽び上げてしまいたいのに、喉元で渦巻いて出せないのが辛い。

口腔をねぶり回す肉厚な舌を押し返そうと、ニルファはイシュクの両腕を摑んで押す。けれど、鍛え上げられた軍人上がりの皇帝には響くはずもなく、よりいっそう淫らに口腔を掻き回されただけだった。

――ああっ……。

愉悦で涙が滲む。喘ぎは口腔でくぐもり、上も下も塞がれたまま、ニルファは何度目かの絶頂に襲われた。

「んんっ、ん…ぁっ」

唇が離れるのと同時に、ぐっと腰を限界まで押し込められ、熱い迸りが腹の奥に広がる。

「…あ…ッ……」

ビクンと背がしなり、小刻みに腰が痙攣する。まるで蕩けた溶岩が広がるように、腹の奥が強烈な快感で灼けついた。

「ああ……ぁ…っ」

極まった瞬間、頭の中が真っ白になる。ニルファはいつの間にかイシュクの腕にしがみついていた。

「…は……ぁ」

こんな快感は初めてだった。

イシュクも覆い被さるように抱きしめてくれたまま、息を荒らげている。ふたりとも、しばらく動くことも考えられなくて、抱き合っていた。

――イシュク……。

汗ばんだ肌から、熱い体温が伝わってくる。かけられる心地よい身体の重みと、確かめるような抱擁を、ニルファはうっとりと味わっていた。

ヒートがもたらしたどんな激しい快感も、この心地よさを超えることはできないと思う。腹の底から幸せが立ち上ってくるようだ。

愛している、と言葉の代わりに腕に力を込める。するとまるで気持ちが伝わったかのように、イシュクも腕を強めて抱きしめ返してくれる。

「ニルファ…」

やがて、イシュクが半身を起こし、ニルファは曲げられていた脚をゆっくりと下ろされた。けれど、仰向けにされただけで、肉芯は抜いてもらえない。

「顔を背けないでくれ」

視線を横に逃がすと、挿れられたまま両手で頬をくるまれてしまう。

脚を広げられ、受け入れたままの姿勢で見つめ合うのは本当に卑猥そのもので、ニルファには耐えがたい。

愛していても、これは恥ずかしくて無理だ。

「なら…早く……抜け…」

頬を熱くしながら顔をしかめると、イシュクが豪胆さのある笑みで言う。

「わりと積年の片思いだったんだ。もう少しぐらい許してくれ」

「……」

そんなことを言われたら、拒めない。

赤面したまま見つめ返すと、イシュクの目が眇められて、内にいるものが硬度を増した。

腹の中を圧し上げてきて、苦しいくらいだ。

「なぜそこで反応する…」

イシュクがふと苦く笑って屈みこんでくる。

「…鏡を見せてやりたいよ」

ちゅっと音を立てて鼻先にキスされた。

「お前にそんな可愛い顔をされて、勃たない奴がいたら聞いてみたいね」

ニルファは複雑な気分だ。恥ずかしいのか、イシュクに言われて嬉しいのか、自分でもわからない。

ただ、頬が熱くて、イシュクを見ていられなくて、けれど見ていたくて顔をしかめてしまう。

イシュクはそれが面白いらしい。芯は猛っているのに、余裕で笑う。

「宮廷に出たら、今度は女だけじゃなくて、男もお前の虜《とりこ》になるぞ」

公開受胎の儀式に参列した十数人も、お前をそういう目で見ていたと言う。

「その視線なら、もう経験したと思う」

「え…？」

ニルファは、大臣に進言しに行ったことを告白した。

イシュクは顔をしかめている。

「…余計なことをしたかもしれないが」

「いや……俺が気にしてるのは、お前の姿を男どもに見られたことだ」

そこか、と思うが、イシュクは本気のようだ。

屈みこんできて、キスする寸前まで顔を近づける。

「もともと、この恰好は皇帝をその気にさせるための装束だからな」

危ないから、今後、絶対ひとりでは出歩かないでくれと釘をさしてくる始末だ。

「こんな姿はじきに終わるだろう。もう、受胎期は終わりなはずだ」

けれど、イシュクは魅惑的な金色の瞳を和ませる。

「あの司祭が言うように、お前に子が宿れば、お前は名実ともに胎后だ」

そうなれば、ずっと皇后として装うことになる。

俺のものだ…と嬉し気に頬に唇を寄せる。そんなイシュクに胸が詰まった。

――――イシュク……。

「一緒に、神殿に行こう…」

そして、司祭の言う太古の記録を確かめるのだ。

ニルファは、イシュクの黒髪の頭を抱きしめた。

「私も、お前の胎后でいたい……」

「ニルファ……」

イシュクがニルファの肩を抱きしめ、そしてこらえきれないように深々とその奥を貫いた。

何度目かのあえかな声のあと、夜が明け、部屋は神々しい光に満ちた。

◆◆◆

数日後――――。

ニルファはイシュクとともに神殿の最地下にいた。

ナヴィダルを案内に、城からはスイミンもつれてきている。

神殿の地下は、古の人々が手で切り出した石を敷き詰めて造られている。だが、石床の一部に開けられた入り口を通り、自動で開く銀色の扉を通ってさらに下の階層に行くと、景色は一変する。見慣れているナヴィダルと、見たことのあるニルファは驚かなかったが、イシュクは中を見回して思わず声をあげていた。

いつもは物静かなスィミンも、さすがに小さく感嘆の声をあげる。

「……これは、室内なのか？」

「ああ、理屈は城の発光体と同じらしい」

城の中は、優美に曲線を描く格子や柱が多い。本物の植物を硬化させているからなのだが、その隙間に、ガラスのように嵌め込んであるのが発光体だった。

発光体はイェクターの加工品の一種で、自在に光り、まるで外から陽が射し込んでいるかのように見える。

「だが、ここの壁や天井の技術は桁違いだ」

ニルファも、初めて足を踏み入れた時は、どこの異世界に迷い込んでしまったのかと思ったほどだ。

建物の中に建物がある。

まるで、外にいるように外光がまわり、空間に終わりがないように見えるのだ。

それは神殿によく似た建築様式で、アイボリー系の色をした石の柱やアーチが繰り返し現れてくる。

縦に数階あり、左右の建物は中空でアーチ状の橋が渡されて繋がっている。手前と奥の建物も、同じように橋梁で続いていた。

光が降り注ぎ、バルコニーや屋根のあたりから、溢れるように緑の葉が伸びている。繰り返される階段やアーチは、見上げるとまるでダンジョンのようだ。

風もないのに、さりげなく若葉や蔦が揺れる。

あまりのリアルさに、一瞬、ここが深い地下なのだということすら忘れそうになるのだ。

イシュクも、それが虚像だと言われても納得ができないらしい。手を伸ばして触れようとする。けれど、実物そのものに見えるだけで、手はすんなりと美しい遺跡の中へ入り込んでしまう。

「本当に……ただの光なのか……」

「ええ…。まるで、水面に映る己の姿に、決して触れることができないようなものです」

ナヴィダルは酔いしれたように言う。

「古代の人々は、こんなものを造れていたのです」

我々現代人には、とても真似できない建築だ。

――いや。建築というのかどうかわからないが。

この景色のせいで、神殿の最地下は全体でどんな構造になっているのかがよくわかっていない。ただ浮かび上がる画像に沿って歩いてしまう。

そして、この卓抜した技術のおかげで、この場所はかびや湿気による被害がほとんどないのだ。

「いつ来ても、ここの空気はとても爽やかです。いったい、どうやっているのでしょうね」

過去二千年間くらいの遺物は、もう一階層上の石でできた地下に納められている。

石造りは、外気や塵などからは遺物を守ってくれるが、湿気という大敵を防げない。だから、神官たちは日々昔の書物や巻物の修復と保存にいそしんでいる。

「でもここの御物は、修復の必要があまりないのです。ですから、主に分類と解読を進めております」

けれど、それはこの神殿ではナヴィダルひとりの仕事だ。

「誰も、古語を読めません。ですから、古語を修めていらっしゃるニルファ様が来られた時は、後継者を賜ったのだと神に感謝しました」

ニルファも、大喜びでこの場所を案内された時のことは忘れられない。

――私も、古代の技術がここまでとは知らなかった。

首都の学術機関も、古代の高い技術については知っている。けれどそれはメフ・ルダード朝が開闢した九百年前のことを指していた。古代についても、いくつもの王朝が興っては倒れた二千年を指し、それ以前のことは、神話の世界に分類されている。

　イシュクも、この最地下がいつの時代の物か気になるらしい。ナヴィダルに訊ねると、司祭は残念そうに首を振る。

「それは、正確にはわからないのです」

　記録が残っていないという。

「私も、遺物の分類をはじめた動機はそこでございました。この素晴らしい地下が、いったいいつからあったのか……けれど、いくら古書を調べても、地下についての記載がないのです」

　それどころか、神殿の地下に、さらに地下があったことも知られていなかった。

「ただの銀色の床だと思われていたのです」

　この扉が開くことがわかったのは、やはりナヴィダルの探求心によるものだった。

　ナヴィダルはかび臭いだけだった御物蔵を整理し、硬化した箱が積まれているだけだった床を片づけて、そこに入り口があることを見つけたのだ。

「その時に、私の人生は神殿に来るべき運命だったのだと理解しました」

　貧しい人々の心の拠《よ》り所ではあるが、政治的に顧みられることのない神殿。しかし、ナヴィダルはこの場所の価値を見つけ、ひたすら遺物の分類と整理、修復に情熱を傾けた。

　そして、貴重な資料を発見したのだという。ナヴィダルは迷路のような建物のひとつに入っていった。

　イシュクとスィミンは黙って付いてきている。

「この建物は、実物なのか？」

　発光体が見せる幻なのか、本当の建築物なのかがわからなくて、イシュクは建物に入りながら入り口に手を触れる。

「ええ」

それは他の建物と変わらないもののように見える。けれどナヴィダルは神々しいものを仰ぐように目を細めた。

「おそらく、この地下の風景は、これがどこにあるかを隠すためのカムフラージュなのだと思います」

風景の中に紛れて、たったひとつだけ、実在する建物がこれなのだという。確かに、ナヴィダルが案内してくれなかったら、どれが本物の建物なのかわからない。

足元にお気を付けて、と言われながら中を進むと、そこは数階分が吹き抜けになった場所だった。

美しいモザイクタイルの床、中央に巨大な石膏《せっこう》像が建っている。何よりも圧巻なのは、広場を取り囲む、数階分の壁全てが書物で埋まっていることだ。

「……すごいな…図書館なのか」

「ええ…古代の人々が守り続けた、何十万冊という本たちです」

遥か上のほうまで、びっしりと美しい金文字が施された背表紙が並んでいる。間には、飾り模様が彫られた白い柱があって、棚は飴《あめ》色のどっしりとした木材のようだ。イシュクもニルファも、しばらくこの膨大な芸術品にも似た書物の壁を見ていた。

ナヴィダルは、お待ちくださいませと言って、いそいそと目的の本を取りにいく。

円形の広場の片隅に、手すりのついた白いパルフがある。屋根がなく、ちょうどひとりが乗れる程度だ。ナヴィダルは浮上させながら笑った。

「これがないと、梯子《はしご》を使って登らなければならないんです」

ふわりと浮き上がったパルフで、ナヴィダルは三階あたりから一冊の本を取ってきた。

四人で広場にあるテーブルを囲み、ナヴィダルの説明を聞く。ナヴィダルは、白手袋をして貴重な革製の本を開いた。

「今から二千年ほど前の記録です。ティギア王朝のものでございます」

メフ・ルダードが九百年前に滅ぼした王朝だ。書物を開くと、そこにはもう使われていない古い文字がびっしりと書かれている。

「これは、ティギア王朝を支えた学者の日記だと思われます。他の、いくつかの記録で確かめました」

ニルファもなんとか古語は読めるが、古語で、しかも外国語となるとあまり細かい部分はわからない。さらにイシュクはまったく読めないので、書物を見ながら、ナヴィダルに翻訳してもらう。


我々は、ティギアとロドメダの併合のために、ロドメダ王女を泉に浸らせた。王の子を身籠ってもらうためである。

王女は人間だが、この泉はきっと彼女に子をもたらすだろう。我々の血は混ざるのだ。

異種族との混血が進めば、いずれ我々はこの泉を必要としなくなるだろう。人間の女性たちはティギア人の子を産む。我々は、ひとつの種族になれる。


――異種族…？

「これが、受胎夜の起源の記述です」

「…では、このロドメダの王女というのが、儀式の」

わざわざ受胎を公開儀式にしたルーツなのかと問うと、ナヴィダルが頷く。

「おそらく、そうだと思います」

ニルファもイシュクも、驚いて目を合わせた。併合した異国の姫だとは知っているが、泉に浸るまでの経緯は知らない。

記述には、ティギア王朝とロドメダの出会いが綴《つづ》られている。この地を長く治めていたティギア王は、ある時よその土地から流れてきたロドメダ人たちと、領土争いをはじめた。

ロドメダは人口が増え、もといた場所から溢れるように出てきた人々だった。対して、ティギア王朝は人口が減り続けていた。

「そこで、併合に踏み切ったようなのです」

手書きの書物には、当時の王をはじめ、学者や僧侶など、国の中枢にいる者たちの論争と紛糾が記されている。

異種の血を入れることに、周囲は大反対だった。だが、このまま泉に頼り続けていては、我々の人口は減る一方だろう。古代の人々が、泉を使うことで男子の妊娠を可能としたように、我々も泉を使えば、異種族との混血が可能になる。私は王にそう説得し、ロドメダとの併合を訴えた。

「結局、この学者の提案が実行され、ロドメダの王女はティギア王の妃となったようです」

この頃は、まだ泉は常に水を湛えていたようだ。ほどなく王には何人もの王子、王女が生まれ、ティギア王朝は栄えた。

その繁栄で王朝の血はさらに分裂し、数百年ののち、五つの王朝が生まれて領土を巡って争った。現在の帝国メフ・ルダードが、ティギア朝を滅ぼして国土統一を果たすまで、戦争が続いたのだ。

戦では貴重な遺跡や都が破壊された。この神殿は、その戦火を免れた貴重な遺物だった。

「私がこの書物に出会って、どうしても気になったのが、この一文でした」

二千年前の人々が言う〝古代〟とは、どんな世界だろう。男子の妊娠というのが、特殊な事例だったのか。泉の鉱水は、本当はなんのために見つけられたものなのか……。

「少なくとも、受胎夜が、御徴を持つ皇帝の胎后のため…というのは、あとからできた理由だと思ったのです」

ロドメダの王女が輿入れする前は、なかったことなのだ。ナヴィダルは、この遺跡の資料を整理しながら、こうした「埋もれた歴史」を掘り起こす作業に熱中していたという。

「まるで宝さがしのようです」

「これを、ひとりでやろうとしていたのか…」

イシュクが驚くと、ナヴィダルは頷く。

「勿論でございます、陛下。だって、誰もこの神殿の遺物の価値をお認めくださらないのですから」

若かったナヴィダルは夢中になって資料を貪った。そうして、書物を年代別に分類し、遡った記録を見つけることに成功した。

「この図書館は、とても正確に書物を所蔵しているのです。ただ、分野ごとに分かれているので、年代の古い本をひと目で探すことができなかったのでございます」

片っ端から読んでいたら、一生かかっても終わらない。ナヴィダルは、使われている紙や革の素材で年代を分析することにした。背表紙に触れるだけで時代の見分けがつくようになって、関連する記録を探し出したのだ。

ナヴィダルは満面の笑みを見せる。

「この書物よりもっと古い時代のものは、紙でも革でもなく、硬化素材だったのです」

これです、と言ってナヴィダルはすぐ横の棚に置いてあった白い石板を取ってきた。

「おそらく、一度紙に書かれたものを、硬化させたのだと思います。これなら、長い時間が経っても劣化しません。よく考えられたものですね」

イシュクも、興味深そうに石板に触れる。ニルファも、古めかしい文字が綴られた白い石板を眺めた。

「……建国縁起、のようなものですか？」

「そうです。あの泉を建設した、最初の王とその宰相を物語った叙事詩です」

　詩らしく韻を踏んでリズミカルに書かれた文字は、読めなくても模様のように美しい。ナヴィダルは祝詞を読み慣れているせいか、よどみなく謳《うた》うようにその詩を読み上げてくれた。

　詩には、確かに男子が泉に浸り、受胎すると謳われている。

「泉へ入り、子の無かった王に子を授けた…子を産んだ宰相は、后となってともに国を治めた、とあります。古代の女性がどこまで政治に関わったかはわかりませんが、〝彼は〟と書かれておりますから、おそらくこの宰相は男性でしょう」

　――史実だったのか…。

　だが、王の名も宰相の名も神話に出てくるものだ。あの泉を建設したとは言われているが、実在かどうかは、あまりわかっていない。ナヴィダルも、そう思っていたようだ。

「ですから、おふたりの告白を聞いてしまった時に、この神話が本当かどうか知ることができると、心から喜んだのです」

　イシュクは少し苦い顔をしたが、流して話した。

「……もし、実在したとしても、そもそも何故男子が子を身籠る必要があったのか、そのあたりが書かれていないのでは、説得力に欠けるな」

「ええ、まあ……」

　神話は、他にも数多く語り残されている。

　樹木の精霊の話、天と地、海を造ったという天地創造の神々、闇の使い。およそ現実とは思えない神話の数々は、古代の人々が自然を尊崇して生まれたものだと思われている。

　――もし、この叙事詩もそうしたもののひとつだったら……。

泉は神聖なものだ。それだけに、泉にまつわる神話や逸話が詩的に語られていてもおかしくはない。

　けれど、ニルファはこの石板が史実であってほしかった。もし事実だったら、自分にも妊娠の可能性がある。

「私も調べてみます」

「ニルファ…」

「しばらくここに逗留《とうりゅう》します。ナヴィダル殿がある程度年代を測定できるのであれば、資料の目星は付きやすいでしょう」

「ニルファ様…」

　勿論手伝う、とナヴィダルは興奮している。ニルファは石板を手にしながらイシュクのほうを振り返る。

「先に城に帰っていてくれ。なるべく早く戻る」

「俺も残る」

「イシュク…」

「お前だけ置いて戻るつもりはない」

「馬鹿な、お前は皇帝だぞ」

　何日も不在にするなど有り得ない。そう説得するとイシュクは平然と答えた。

「たかが数日間、皇帝がいないくらいで政務が滞るとしたら、それは国として終わりだ」

「イシュク…」

「皇帝はひと月くらいいなくてもなんとかなるのが安定した国のありようだ。むしろ、そうであらねばならない」

　泰然と答えたイシュクの顔は、〝皇帝〟のものだった。ニルファは、即位からわずかひと月足らずの間に、イシュクがすでに皇帝としての視点で物事を見ていることに改めて気付いた。

　確かに、イシュクの言う通りなのだ。この巨大な国家をイシュクがひとりで治められるわけがない。

　官吏たちがいて、盤石な仕組みがあるからこそ、今回のように皇帝が急死しても滞りなく世代交代ができる。

「数日の逗留なら問題はない。だがそれ以上長引くなら、一度俺と一緒に城に戻れ。お前の体調を医師に診せたい」

　受胎期間が終わる。イシュクも口には出さないが、妊娠を気にしているのだ。イシュクの配慮を感じて、ニルファは頷いた。

「わかった…」

「では、御猶予いただいた数日に、私も全力を捧げます」

　ナヴィダルが興奮に頬を染めている。すると、それまでずっと控えめにしていたスィミンも、遠慮がちに申し出た。

「私も…もし、差し支えなければぜひお手伝いさせてください」

　スィミンのことは、アーファァーリンの必死のとりなしとニルファの口添えもあって、一切咎めなしで済んでいた。スィミンはそれに随分恐縮していたが、その分、何かで恩を返したいと思っているようだ。

　ニルファは、その真摯な申し出に微笑む。

「頼みにしている」

　イシュクが、黙ってそれを見ていた。

◆◆◆

　神殿に逗留してから二日が経った。

　イシュクは、神殿に用意されている部屋で窓の外を眺めていた。

　ここは、ニルファが入門と同時に与えられた部屋だ。そもそも神殿には貴賓を泊めるような設備はないので、部屋は他の得度者と同じ、小さくて質素な作りをしている。

　崖側に向いた縦長の窓。壁際に置かれたシンプルな藁《わら》詰めのベッド。硬化していない木製の椅子。小さな抽斗《ひきだし》の付いた机。家具はこれしかない。ベッドの縁に腰かけていると、ノックのあとにスィミンが扉を開けた。

「お呼びでございますか」

「ああ。…まあ、そこに座れ」

木製の椅子を指すと、スィミンは折り目正しく一礼して入ってくる。イシュクは机に置かれていたポットを指し、茶を飲もうと誘った。怪訝な顔で従い、蓋のないカップに茶を淹れるスィミンに笑いながら言う。

「俺が地下にいても、古語が読めないんじゃ役に立たないからな。これは気楽な茶飲み話だ」

「……はい」

茶葉は神殿の持っている敷地で栽培されたもので、焙煎《ばいせん》されたよい香りがする。カップを手に、向かいの椅子に座るスィミンを前に、イシュクはさりげなく切り出した。

「故国での身分はなんだった？」

スィミンは、聞かれることを覚悟していたように俯き加減に瞬く。

「……国はもうございません。彼《か》の地を捨ててきた者です」

ご容赦ください、と静かな声で言う。イシュクは笑みを含んだ目でスィミンを見た。

「では、これは架空の国の話だとしよう」

「陛下…」

イシュクは窓を少し開いた。真ん中で止まるようになっていて、上か下を押すと少し隙間が生まれ、外の風が入ってくる。

「アルマンに、ソミアという地方がある。かつて小さな国だったところだ」

ソミアはアルマンに侵攻され、森に囲まれた僅かな領地は没収された。

「領主の子は、その時十五歳だったと聞いている」

「……」

スィミンは黙っている。誰のことを指しているのか敢えて指摘しないまま、イシュクは話題を変えた。

「俺は、数年間空軍に在籍していた。国境での小競り合いは日常茶飯事だ。密入国しようとする者たちも年中見ている」

処罰したいわけではなかった。ただ、密入国者があの厳しい検問を回避するなら、崖沿いから入国するしかない。それを、スィミンたちがどうやったのかを知りたかった。

スィミンが庇った同胞たちは、あの不毛の崖上にいた。そこに留まるのも相当だが、まず彼らがどうやって崖を登ったのかも不思議だ。

「パルフも空挺も持てない貧民が、どうやって崖を登れたのかが知りたい」

文字通り断崖絶壁で、国境の内側はかなりの部分が崩落を防ぐために硬化してある。そうでなくても神殿のように壁面の土が露出している部分は稀で、大半は杭《くい》も刺さらない硬い岩盤だ。

スィミンは抵抗せずに話しはじめた。

「翼竜を使うのでございます」

「あんな狂暴なのをか…」

「はい」

翼竜は大型獣だ。森林や崖の近くに棲《す》んでいることが多いが、大きすぎるのと食べても美味しくないのとで、家畜化は誰も考えない。彼らを絶滅させると、森の小型獣の数が増えて困るので放置しているが、なんらかの異常気象で餌《えさ》となる小動物が減ると、人間を一《ひと》飲みする危険な生き物だった。

「密入国を試みる者は、崖からの移動を考えます」

メフ・ルダードは国境を全て崖に取り囲まれている。他国への唯一の出口は崖と崖の間にある渓谷で、ここは軍が厳重な警備をしている。見つかりやすく、戦場としての危険さもあって、貧民たちは通れないとはなから諦めているのだという。

「ですから、まず崖に登るために、なけなしの食料を餌にして翼竜をおびき出します」

若枝を撚《よ》り合わせた綱をこしらえ、翼竜の首を捕まえる。そして両目を布で覆い、嘴《くちばし》の先に餌を釣って誘導するのだと説明してくれる。

「出国する者は、皆必死で翼竜の背に摑まります。一度に乗れるのは、平均的な竜でだいたい七人です」

そんなに厳密に決まっているのだ…とイシュクは驚いた。かなり定石となっている手段らしい。

「翼竜は産卵の時だけ、天敵のいない崖の上に巣をかけるのがわかっているからです」

彼らは崖の上まで飛んでいけるのだ。だから上へと誘導し、無事に崖に着いたらそこで翼竜を屠《ほふ》る。

「この竜で、国境からこの神殿あたりまで向かう、およそ一か月分の食料が取れます」

「一か月もかかるのか」

空挺なら、僅か五時間にも満たない距離だ。驚くと、スィミンが頷く。

「密入国の方法は、口伝えで受け継がれてきています。食料を背負って崖沿いに歩いて、およそひと月かかる想定で装備するのです」

昼間は暑いだけでなく、眩しくて目を開けていられない。夜は凍《こご》えるように寒いが、進むなら夜間のほうが楽だった。

足元も見えないような崖沿いを慎重に進む。だから、一日の行程はいくらもいかない。

「そのために、翼竜は欠かせない〝資源〟なのです」

皮を剝《は》ぎ、干し肉を作る。骨で背負子《しょいこ》をこしらえ、皮は寝袋に仕立て、胃や腸は袋状にして貴重な竜の血を溜め込んだ。水がない崖で、命を繋ぐ水分はこれだけだ。

「血を飲むのか」

「はい。美味しくはないですが、腸に詰めて縛って持ち歩けば日持ちしますし、栄養も取れます」

さすがのイシュクも、過酷な行程に驚く。

だが、スィミンら辺境国の人間にとっては、当たり前のようだった。

「そもそも、アルマンを含め周辺国は栄養事情がよくありません」

スィミンは窓の外の崖に目をやる。

「我々の生活は、地熱の蒸気を利用する以外は人力です。人口が増えれば、動力が足りなくなる」

農業も工業も人力が基本だった。

「ただ食べていくだけだったら、つつましくともそれで暮らしていけるでしょう。けれど、アルマンはそう思わなかったようです」

このまま指をくわえてメフ・ルダードの繁栄を羨んでいるだけでよいのか、と考えた。

「崖を隔てた向こうでは夢のような暮らしがある。特に国境に隣接していたアルマンは、帝国の繁栄が目に見えるだけに、我慢がならなかったのでしょう。この国を襲うために、周辺の国を併合して国力を強める政策に出ました」

その中で、スィミンの祖国であるソミアも支配された。

「徴兵され、二等国民としてアルマン人より重い税を課され、あっという間にソミアは荒廃しました」

いくつもの国を呑み込んだアルマンにはとても抵抗できず、蜂起を目論《もくろ》んだ領主は捕らえられて斬首された。

「謀叛《むほん》を起こした者の家族は、全て連座で殺されます。私は、父の家臣たちの手で逃がされました」

亡国の王子は、静かに過酷な年月を振り返る。

「この場所が、崖から下りる地点にされているのは、崖に植生があって下りやすいということの他に、やはり神殿の存在があります」

ここに逃げ込めば、助けてもらえる。アルマンでもソミアでもそう言われていた。

「ここ数年、ということではないんだな」

「はい、代々伝わっております」

イシュクは僅かに笑みを投げかける。

「俺に白状してしまっていいのか？」

「私が黙秘したところで、崖上で待っていた者たちを見られてしまった以上、もうこの場所の警備は強化されてしまいます」

それならば、〝このルートはもう使えない〟と祖国に伝えなければならないとスィミンは言う。

「口伝えでも、人の噂になれば必ず情報は伝わります。人に知られているとわかれば、皆警戒してここを回避するでしょう」

「ということは、他にもルートがあるのだな」

「…………はい」

イシュクは、城から消えたふたりの男についても追及するつもりだった。ニルファを縛り上げた下男たちだ。彼らはあれから神殿にも戻ってはおらず、行方が摑めていない。

——他の神殿から来ていた神官たちに紛れて出ていったのだとは思うが。

ヤーシャールの時だけは、例外的にいくつかの神殿から儀式のための神官が登城していた。どの神殿にも捜索を入れ、若干のアルマン人を見つけたが、逃げたふたりではなかった。

あのふたりは、別ルートで密入国する場所に潜んだのだろうか、そう訊ねるとスィミンは頷く。

「おそらく…」

「……」

どんなに国が行き来を封じても、人の流入を完全に止めることはできない。帝国が知らなかっただけで、きっと長い年月の間、そうやって細々と密入国者を手引きするルートが確保されてきたのだろう。

聞き出して取り締まっても、さらに水面下に潜ってしまうだけだ。

根絶はできない。

イシュクは、ある提案を切り出した。

「……俺は、空軍で国境を警備しながら、ずっと考えていたことがある」

周辺国が帝国に入りたがるのは抑えようがないだろう。ならばいっそ、崖の向こうまで支配を伸ばしてしまったほうがいいのではないか。

「だが、そうしたところで根本的な解決にはならない。アルマンをはじめとした国が、本当に望んでいるのは〝帝国〟ではなく、〝帝国の豊かさ〟だからだ」

豊かな暮らしをしたい。それを生み出すイェクターが欲しい。だが、帝国もその外の民まで養えるほどのイェクターは持っていない。

「だから国を閉ざしている。豊かさから締め出されたほうからすれば、納得できないだろう」

帝国も安定した富を手放す気はない。だから、国境はいつまでも武力でぶつかる。

イシュクは脚を組んで腿に片ひじを突く。

「こんな堂々巡りは無駄だと思ったんだ。アルマンが豊かさを欲しがるなら、こちらは恵むのではなく、正当に取引で利益を分配すればいい」

スイミンは不思議そうな顔をする。

「イェクターの加工工場を、アルマンに作るんだ。技術移転することで、周辺国にも一定の金が入ってくる」

その金でイェクターを買うもよし、食料の補充に当てるのもよいだろう。技術教育につぎ込んでもいい。対価をどう使うかは、アルマンの自由だ。

「国を奪うことなく、周辺国の民がその国で生きていけるようにする。もちろん、綺麗ごとではないから、賃金格差は出る」

帝国は、国内で加工するよりずっと安く仕上がる代わりに、技術が流出し、仕事を失う人が出てくる。反対の意見が出るのは目に見えたことだ。それでもメリットはあるとイシュクは思った。

「加工技術者ごと、ある程度の人間が国境の向こうに行くだろう。少しずつ、ゆっくりと人の行き来が生じる」

風や水が、人間たちで決めた国境を越えて続いてしまうように、人もまた、完全に隔てることはできないのだとイシュクは思う。

「どこかで、いつか交じり合ってしまう。かつてのティギア王朝とロドメダがそうだったようにな」

「陛下…」

「どうせ止められないんだ。ならば、こちらでコントロールしながら行き来をはじめてしまったほうがいい」

そうすれば、国境警備のための軍費を無駄に費やさなくて済む。そう笑うとスィミンは考え込んでから告白しはじめた。

「…ずっと昔から、我々周辺国には言い伝えられている方法があるのです」

スィミンは皇帝を見つめる。意を決して、何かを伝えようとしていた。

「どうしても生きていけないほど国が荒廃した時、最後の希望として我が子を帝国に託すのです」

「…」

「手放した子は、メフ・ルダードの民として生きていきます。もう二度と祖国の地に戻ることはなく、親子の名乗りも上げられません」

けれど、とスィミンは言う。

「どんなに祖国から遠くなっても、国が滅びても、託した子たちは帝国のどこかで幸せに育つのです。だから、我々はどうしても駄目だと思った時は、その言い伝えに従います」

――加工都市の人口増加は、これか…？

イシュクは、即位前にニルファから聞いた話を思い出した。

イェクター加工を主産業とする二つの都市で、人口が微増している。それは、アルマンからの密入国が増えた時期と一致していた。

「これを〝托卵《ヴァンダ》〟といいます」

「別ルートは、托卵のための道なのか」

「はい」

スイミンは、托卵する人々のことを話してくれた。

貧しい人々は、子どもを抱えて加工都市の崖まで命がけでやってくる。そして毎夜標《しるし》の旗を立て、崖の下におろしてくれる人が来るのを待つのだ。

「多くは、中流層に住み込みで暮らす使用人です」

彼らは主《あるじ》の許可を得てパルフを借りる。そして主の紹介で、赤ん坊は帝国の民になれる。

「赤ん坊は、子を望んでいる家にもらわれていきます。その家で生まれた子どもとして届け出をされるのです。その代わり親は斡旋《あっせん》の対価として、紹介してくれた人の家で、一生涯無給で仕えます」

「……」

富裕な家には、住み込みの使用人がいるのが普通だった。無届の人間がいるとは思ってもみなかったが、有り得ない話ではない。

「…その使用人は、ずっと崖の上に旗が立つのを見張っているのか」

「そうです。彼らも、二度と祖国には帰れませんから、次に崖を越えてくる者が出てきたら、その言い伝えを引き継がせるのです」

毎晩、崖の上を確認してから眠りにつく。

いつか、誰かが崖を越えてやってくると思っている。自分たちがそうしたように。

イシュクは黙った。

崖の上の環境は過酷だ。幼子を抱えて、全員が無事に辿り着けたとは思えない。いったい何割の人間たちが入国に成功できたのかは、聞くのもはばかられた。

ただ、わかるのは、自分たちが把握している以上に、もう帝国にはさまざまな国から子どもたちがやってきていて、世代を超えて入り交じっているという事実だ。

「申し訳ございません」

「お前が謝ることではないだろう」

「…はい。しかし」

不法であると詫びるスィミンに、イシュクは皇帝としての威厳を響かせて言った。

「技術移転が実現すれば、わざわざ托卵せずとも、自国で親子が暮らせるだけの収益が得られる」

「陛下」

「俺は、その地をソミアと定めたいのだが」

スィミンの目が見開かれる。

「お前はアルマン人だ。アルマンの民が、自国の地に自分の手で加工工場を作る。我々帝国は、それを一定の価格で買い取る」

スィミンが納得できるようだったら、この案を実行しようと思っていた。

「……陛下」

「これは戦争でもなく侵略でもない。相手国との貿易交渉だ」

それでも根本的な解決にはならない。産出できるイェクターの量は限られている。アルマンにとっては賃金を得られるけれど、加工だけだ。やはりイェクターは手の届かない高級品でしかない。貧富の差は決してゼロにはならないだろう。

けれど、技術を手に、彼らがどう成長していくかによって、未来はいくらでも変わる可能性がある。

「どうだ、ソミア領主として、引き受けてみないか」

「…」

「我々帝国は、お前をソミア領主とみなして交渉する。アルマンが否定してきた場合は、ソミア領と直接の取引となる」

　アルマンは嫌がるだろう。領土内に飛び地で帝国の一部ができるようなものだ。

　そのくらいなら、アルマンの一地域としてソミア領を認めたほうがいい。自動的に、旧領主の嫡子であるスィミンがソミアを治めることになる。

　帝国の後ろ盾を得て自治を取り戻す。イシュクの提案にスィミンは息を呑み、信じられないようにイシュクを見てから、深々と頭を下げた。

「……有難き、ご下命でございます」

◆◆◆

　神殿の最も奥深い地下では、ニルファとナヴィダルが資料の検索と解読に励んでいた。ニルファはたまたま一冊の書物を持って、中央の石膏像の縁に腰かけていた。

　テーブルは、ナヴィダルが目いっぱい資料を広げて占領しており、自分のスペースがない。彼は本当に熱中すると何も見えなくなるようで、ニルファが座りたいと思っていた椅子の上までも石板を積み上げ、さらにあちらこちらから資料を運び込んでくる。

　いそいそと本棚とテーブルを往復するナヴィダルを見ていて、ニルファはふとテーブルの縁で小さな赤い光が点滅したのに気付いた。

　本を手に立ち上がり、ナヴィダルのほうへ行く。

「ナヴィダル殿」

「ああ、ニルファ様…」

　ナヴィダルははっと我に返って微笑む。

「すみません。すっかり時間が経ってしまいましたね。お疲れになりましたでしょう」

　椅子に積んだ石板をテーブルに載せてくれる。ニルファはその一角を指した。

「先ほど、この部分が赤く光ったのですが」

　白いテーブルにはほどよい厚みがあって、縁には繊細な植物模様が浮き彫りになっている。一見すると同じ模様が一周しているように見えるが、改めて近づいて見てみると、点滅した部分は少しだけ模様が違う。

「この、花が開いた模様のところです」

　蕾と葉、茎が規則性を持って繰り返す柄で、ここだけ開花した様子を描いている。指摘すると、ナヴィダルはこともなげに言う。

「ああ、そうなのですよ。このテーブルは、何故かたまにその部分が光るのです」

「たまに…？」

「ええ、何度か見ています」

「……どんな時にですか？」

　え、とナヴィダルが考え込んだ。その時に、ちょうどイシュクがスィミンを伴って現れた。

「ニルファ様、司祭様、お茶をお持ちしました」

「少し休め。お前たちふたりとも、今何時だと思っている」

「イシュク…」

　イシュクはローブを外してはいるが、皇帝の正装である黒のジャケットに黒のパンツ、黒革のブーツ姿だ。

「外はもう夜だ」

「そんなに経っていたか」

　この場所はいつでも同じ明るさだから、ナヴィダルも自分も、まったく気付かずに調べものを続けてしまう。

「…そういえば、少し足が痛いか」

　未だに慣れない胎后の装束のせいで、ヒールのある靴のつま先が痛い。うっかり漏らすと、イシュクがすぐ抱き上げようとする。

「大丈夫だ、歩ける」

「無理をするな」

「無理ではない」

ナヴィダルやスィミンがいるところでそんな風に扱われるなど、とんでもないことだ。嬉しいが、嬉しすぎておそらく自分はとても緩《ゆる》んだ顔になってしまうだろう。

恥ずかしくて、そんな姿を晒せない。

惜しむように伸ばされた手をするりと抜けてナヴィダルのほうへ向かう。

「今日の成果を報告しよう」

「……」

イシュクは複雑な顔をしている。だが、調べものチームはわかったことを伝えたくて盛り上がっていた。

「そうですよ。どうぞ陛下もおかけくださいませ」

「今、お茶をお淹れしますので」

スィミンは手際よく盆をテーブルに置き、カップを並べてポットから淹れてある茶を注ぐ。ナヴィダルが資料を片側に寄せてスペースを作った。

「ニルファ様がいてくださるおかげで、資料探しはとてもはかどっております」

ナヴィダルは、今日見つかった資料について話す。ナヴィダルには、古い年代を重点的に調べてもらっていたので、扱うのは主に石板だ。

「けれど、今のところ、記述を見る限りでは一番古そうな石板でも、四千年前のものです。歴史はこれよりもっと前があるようなのですが…」

ごく初期と思われる石板を見せて、溜息をつく。

「紙、革、石板……これ以上前となると、何か違う素材なのでしょうかねえ」

「他に、異素材の書物はあるのですか？」

スィミンの問いかけに、司祭は身体を揺すって頭を振る。

「ないわ。もっとも、ここの他にまだ実在の建物があれば別でしょうけれど…」

ニルファは聞きながら、先ほど途中で終わってしまったテーブルのことがどうしても気になった。

見ていると、まだテーブルの花模様のところが赤く点滅しているのだ。

「ナヴィダル殿、この部分が光る時というのは、どんな時でしたか」

「あ、ええ。先ほどのお話ですね……そうですね。あまり気にしたことはないですが、ここに長居をしていると、たいていいつの間にか光りはじめます」

ふと見ると、点滅しているという。

「けれど、触れても何も起きないので、そのうち気にしなくなっておりました」

「……」

イシュクを見ると、彼も考え込んでいる。

「……いつの間にか、ということは、最初は光っていないんだな？」

「え、ええ、はい」

イシュクが机の裏を覗いたり、花の部分に触れたりして確かめている。

――ナヴィダル殿が見つけるまで、ここの入口はただの床だと思われていた。

実際にはセンサーが備わっていて、障害物となっていた宝物箱をどけたら、きちんと扉は開いたという。

――これも、本来テーブルではないのだとしたら……？

観察してみると、テーブルには同素材の脚が取り付けられている。点滅部分に、特に触れるべきパネル部分はなかった。

「ここが、サインランプだとして…」

イシュクが同じことを考えている。ぱちくりと目を瞬かせているナヴィダルに、ニルファが見解を説明した。

「赤い光は、作動できる状態を示しているだけだと思うのです」

「空挺の操作盤も、同じような理屈でガイドライトが光るんだ」

だから、起動スイッチは違う部分にある、とイシュクは言う。イシュクは立ち上がってテーブルの外周を指で確かめた。

「それらしい場所はないな」

「私も初めて光るのを見た時、確かめました」

けれど、何もわからなかったという。

「どう見てもただのテーブルですし、パルフならともかく、これは何も動きませんしね」

「動けと言って、本当に動いたらすごいがな」

その時、急に荘厳《そうごん》な音色が響き渡った。

「…？」

「え？」

「なんだ⁉」

音が響き続け、全員がきょろきょろと周囲を見回すが、音源に当たるものはない。ただ、幾重にも重なったパイプオルガンのような音楽が、書棚の上のほうまで響いていく。

そして、不思議な旋律が終わると同時に、合成音が聞こえた。

『起動――』

――え…？

この〝声〟は、間違いなくテーブルから響いている。全員の視線が白い机に注がれた。

『ウゴキマシタ――』

イシュクが目を丸くし、まさかと念を押して呟く。

「動けと言ったから、動いた……のか…？」

『ハイ、モチロンデス』

イシュクは、自分の言葉に返事があるとは思わなくて、びっくりしたままだ。

「…この声」

　少なくとも、人が話しているような声ではない。

　生き物らしさに欠ける声音に、全員が警戒気味にテーブルを見つめた。

「お前は、なんだ？」

『ワタシハ、allデス』

「アル？」

『ハイ、ソウデス』

「生き物なのか？」

『イエ、生命体デハアリマセン』

　ではなんだという答えには、アルだと言われ、質問は堂々巡りになった。アルは人間のように答えるが、どこか言葉の理解の仕方が違う。

　じっと見ていたスィミンが、イシュクに小声で提案する。

「アルの仕事とか、役目は何かと聞いてみるのはいかがでしょう。あと、アルの本体はどれだとか…」

　アルは、スィミンの問いを拾った。

『私ノ仕事ハ、〝情報の所蔵〟デス。私ハ、ココニイマス』

　ブン、と鈍い音がしてテーブルはみるみる形を変えた。テーブルの上にあった書物やティーカップは、音も立てずに床に置かれ、テーブルは見る影もない。

『私ハ、〝アル〟デス』

　二頭身の、緑色の何かがぺこりと頭を下げる。丸くてやわらかそうで、小さな黒い瞳と思われるものが付いている。

『児童用ヴィジュアルデス。モードハ切リ替エラレマス』

「何言ってるか、全然わからないわよあなた…」

『大変申シ訳ゴザイマセン』

　計算シマス、といって身体の外側に光が走る。それは一瞬で、やがてアルが答えた。やや気弱そうな響きをしているのが、妙に生き物らしく思えてしまう。

『炭素分析シマシタ。オヨソ六千年ガ経過シテイマス。言語ニ年代調整ノ補正ヲ加エルノハ不可能デス』

「六千年……」

ナヴィダルが素《す》っ頓狂《とんきょう》な声をあげ、二頭身のキャラクターは申し訳なさそうに頭を下げた。

◆◆◆

四人が地上に出たのは、真夜中を過ぎてからだった。四人とも、興奮を通り越した衝撃を抱えている。

中庭はほんのりと冷えた空気が闇に溶けていて心地よい。

ナヴィダルが寝静まった棟を見ながら言った。

「……ともかく、陛下とニルファ様はどうぞお休みくださいませ」

「ナヴィダル殿も」

「ええ、そうさせていただきます」

さすがのナヴィダルもぐったりとして頷いた。それぞれが部屋に戻ったが、ニルファもまだ気持ちの切り替えができない。

――私たちは……。

ニルファの部屋は、窓の格子がぼんやりした青い影をベッドに投げかけていた。

「ニルファ…」

ふと気が付くと、ニルファはイシュクを見上げていた。イシュクも、ニルファを見つめている。

狭い部屋はベッドがひとつだけしかない。イシュクの部屋は別に用意されているけれど、ふたりとも向き合ったまま、相手に手を伸ばしていた。

かける言葉も思いつかず、そっと抱きしめ合う。

頭の中では、あの奇妙な音声の教えてくれた過去が甦る。

『四千年ノ間、男性ノミの単性生殖デシタ』

祖先は、ある時から女性が生まれない社会になっていた。子を得られない種族は滅亡するしかない。高度な科学技術を持った祖先たちは、あらゆる研究をし、自分たちの身体に合った生殖ホルモンを見つけた。

――受胎の泉は、そうしてできたのか……。

絶滅しかかっていた小さな生き物に頼り、祖先は二性生殖ではなく、男性が子を身籠ることで生き残り続けたのだ。おそらく、ナヴィダルが見つけた学者の手記の時代まで、ずっと、当たり前のように男だけの世界だった。

単性の種族が、子を得るための泉。

使い方としては、自分たちのほうが〝普通〟だった時代があるのだ。ニルファは、感情を挟まないアルの説明を聞きながら、肩の力が抜けていくような気がしていた。

――私は、思っていたよりずっと気にしていたんだ……。

どうした、と低くイシュクが問いかけてくる。ニルファは穏やかに緩んでいく表情を隠して、イシュクの胸元に顔を埋めた。

「……なんでもない」

――私は、イシュクの隣にいてもいいんだ。

誰かに保証されないとそう思えないなど、小心者だと呆れてしまうが、自分はそんなに強くはない。イシュクの立場を傷つけてしまわないか、どうしても不安が拭《ぬぐ》えなかった。

だからこそ嬉しい。

ぎゅっと腕に力を込めると、イシュクの手が髪を掻き混ぜるように頭を抱く。

「俺たちは、先祖返りだな」

「…ああ」

髪を撫で、イシュクの指が結晶化した耳を弄り、やんわりと顎《あご》を取って上向かせる。

見上げると、絡み合う視線に鼓動が高鳴る。けれど、誰に遠慮することもなく、イシュクを見つめていていいのだと思うと、目を離せない。

イシュクが目を眇めた。

「やばいな……そんな蕩けそうな顔をされたら、今すぐ押し倒したくなる」

自分でも、頬が熱いのがわかる。うっとりと表情が緩んでいるのもわかっている。けれど、取り繕えなかった。

「押し倒していい」

イシュクが覇気のある眼で笑う。

「すごい褒美だな」

その笑みにドキドキしてしまう。

――イシュク……。

この男が好きだ。背中を抱きしめていた腕を肩や首に回し、促されるままに唇を重ねる。

「ん……ふ……」

舌を吸い、奥深くまで唇を重ね合う。淫らな音が静けさの中に響いて、甘く抜ける吐息が部屋を満たしていく。

ふたりはベッドに沈み、肌を絡ませ合い、抱き合ったまま眠った。

やがて窓の外が霧に包まれて、次第に光が散乱し、世界の夜が明けた。小鳥のさえずりが中庭の石畳に反響したけれど、ふたりは何も気付かずに眠り続けた。

互いの温《ぬく》もりが心地よく温め合う。鼓動も吐息も重なり合って、狭いベッドの中は、まるで卵を抱いた鳥の巣のようだ。

ニルファは、聞き覚えのない音楽が脳裏に響いたような気がした。

――ああ、あのテーブルが奏でた音だ……。

祝福と、金色の光に満ちた調べが幾重にも重なって、ニルファはそれをうっとりと聴きながらまどろみに沈んだ。

◆◆◆

翌日。ニルファとイシュクは、昼過ぎになってからまた地下に向かった。すでにスィミンとナヴィダルは「元・テーブル」の前であれこれ推察している。

「あ、陛下、ニルファ様…」

ナヴィダルはいそいそとニルファとイシュクに椅子を勧める。

「ちょうどよい頃合いにいらしていただけました。つい先ほどまで、この子は起動しなかったのですよ」

ナヴィダルはすっかりアルを気に入ったようだ。

ナヴィダルの隣で、愛嬌のある二頭身がぺこりと頭を下げる。

『充電ガ完了シタノデ起動シマシタ』

スィミンが茶を用意してくれながら説明する。

「このテーブルは、光を動力源としているらしいのです。だから、人がこの場所に足を踏み入れてからしばらくの間、灯りから動力を蓄え、動けるぐらいになるとランプが点灯する仕組みだと言われました」

「なるほど、だからなかなか動かなかったのか…」

「この子は、スイッチやパネルが要らないんです」

声に反応するのだとナヴィダルは楽しそうに言う。どうやら、アルのことを調べたくて、早々に起き出して地下に詰めていたらしい。

「長い間、この場所に来るのは私だけでした。さすがに独り言は言いませんもの。まさかこれが〝石板より前〟の書物だとは思いませんでした」

『情報ノ所蔵デス…』

「アル、それを私たちの言葉では〝書物〟というのよ」

『了解デス』

ナヴィダルは、まるで小さな子どもを預かったかのように、アルとやり取りをしている。

彼ぐらい変わっていると、人と人でないものの違いは、そう気にならないのかもしれない。

ナヴィダルはアルのぎこちない古語からニュアンスを汲み取り、色々と聞き出したらしい。

イシュクに報告をしている。

「四千年より前の書物は、この子だけのようです。けれど、これひとつが、この中にある全ての書物に匹敵するほど、情報を収めております」

――これが……。

『何時デモ、てーぶるニ戻レマス』

可愛らしい二頭身は、またむにゅっと形を変えてテーブルに戻る。必要とされる形に、いかようにも姿を変えることができるのだという。

『位相幾何学的《トポロジカル》ナ設計ダカラデス』

表面積が同じなら、どんなものにでも変形できるのだと言われ、ニルファは不思議な思いでなんの変哲もなさそうなテーブルに触れる。

「……」

自分たちも、普段はイェクターを嵌め込んだ石板を使う。紙や皮に書かれた古い書物と違って、書き込める情報量はとても多い。空挺の操作パネルを引き合いに出すまでもなく、国を動かすデータは全てイェクターによる基板から作られていた。

――我々は、紙の書物を使う古代から比べると、飛躍的に進歩したと思っていたのだが……。

この地下といい、机にしか見えないアルといい、六千年も昔なのに、現代よりも遥かに高度な技術が使われている。ニルファにはそれが不思議だった。

何故なのかを訊ねると、アルは淡々と答える。

『凍結ノタメニ地上ヲ捨テタ時、民ヲ順応サセルタメニ、過去ノ情報ヲ隠蔽《いんぺい》シタノデス』

「地上…？」

『ソウデス。ココハ地下デス』

確かに、ここは神殿の最下層だ。だが、意味が噛み合わない。アルは丁寧に六千年前の事情を説明してくれるのだが、聞いている四人には、ほとんど意味がわからなかった。

「〝地上〟という場所があって、そこが〝凍結〟して、暮らせなくなったから人類は地下に潜った…ということでいいのか？」

「ソウデス…」

「……」

「……」

全員が顔を見合わせてしまう。

「ここより地下があったということだろうか」

洞窟とか、それらしい遺跡を脳裏に浮かべるが、祖先がどんな暮らしをしたのかが、想像できない。

『今モ、地下デス』

「そうだな」

この場所は神殿の地下の、さらに地下にある。

――古代の人々は、とても人数が少なったのかもしれない。

この僅かな神殿の地下で収まってしまうほどの小規模だったのなら、アルの話も、わからないでもない。それでも、凍結の謎《なぞ》は残る。言葉を変えながら質問を繰り返していたが、食事の休憩を入れる頃に、ナヴィダルが提案してきた。

「いかがでございましょう。もう陛下が神殿にご逗留遊ばしてから数日が過ぎております」

ひとまず、城に帰ったほうがいいのではないかと言う。

「アルについては、私がもう少し聞き出し方を練ってみます。今回の目的は、男子の胎后が歴史上実在したかを確かめることにあったのですから、これは収穫があったとみなしてよいのではございませんか」

とりあえず、女性の胎后が誕生した経緯をしたためた学者の手記を証拠として持ち帰るだけで、宮廷には大きな説得材料になるだろう。

「そうだな。確かに、ここで四人がかりで質問を繰り返すより、司祭殿に任せたほうが効率がいい」

「光栄でございます、陛下。必ず、ご期待に沿えるご報告を奏上させていただきます」

イシュクは、ナヴィダルのための専用空挺と、城への無期限の登城許可を出した。これでナヴィダルは神職にあるまま、いつでも宮廷に伺候することができる。

ナヴィダルは深々と頭を下げてそれを拝命した。

やがて、城に持ち帰る資料を整え、イシュクとニルファは神殿の外に待機していた空挺に乗り込んだ。

見送りに付いてきたナヴィダルが、ニルファに意気込む。

「ご懐妊が判明するまでには、必ず一通りのことをお調べいたしますので、ご安心ください」

「ナヴィダル殿…」

確実に妊娠するとは限らないのに、ナヴィダルは頭から妊娠を想定している。

「何しろ、ニルファ様のご出産に関しては、古文書にしか載っていないのですから」

間に合わせる、だから心配しなくていいというナヴィダルに、ニルファは温かい気持ちになる。

「ありがとうございます」

ナヴィダルは露ほども疑わずに信じている。だから、ニルファが妊娠を不安に思わないよう、励ましてくれているのだ。

本当に、ナヴィダルの言う通りになったらいいなと思う。ニルファは希望を込めて司祭に微笑んだ。

「城で、お待ちしております」

「はい。必ず！」

ハッチが閉まるまで、ナヴィダルは手を振り続け、空挺は一路首都を目指して飛んだ。

◆◆◆

イシュクは、城に戻ってから皇族、貴族を招集した特別謁見の場を設けた。会議の場で発表するという方法もあるが、全員の前で宣言するほうがよいと判断したのだ。

ニルファも同意してくれている。

胎后問題に決着をつけるつもりだ。

玉座のある大広間には千人近い人々が集まり、イシュクはニルファを伴って、緋色の絨毯が敷かれた階段を上った。

居並ぶ皇族、貴族からどよめきが起きる。イシュクはちらりとニルファを見たが、ニルファはまったく表情を変えなかった。

強い男だとイシュクは思う。

ニルファは胎后の装束をまとっている。手首と足首には繊細な模様を刻まれた金の装飾が嵌められ、薄い紗の布は、一面に金糸と金のビーズが散りばめられた豪華なものだ。だが、肩や腕、僅かな身体のラインが刺繍のない部分から薄っすら透けて、見えそうで見えないという効果も生み出している。

人々は、かつての〝美貌の皇子〟の姿態に目を奪われているのだ。見つめずにはいられないだろうと、イシュクも思う。女性たちは勿論のこと、男たちも完全に皇帝よりニルファを見ている。

けれど、これほど艶めかしい装いをしていても、ニルファには微塵《みじん》も媚態を感じられない。むしろ、そのクールな美貌が引き立つだけだった。

イシュクは出廷前、ニルファに胎后の装束をやめるかと提案してみた。

これは女性の胎后が性的な魅力を誇示するためのものだ。ニルファは男なのだし、身分は皇子なのだから、普段の白の正装でも押し通せる。しかし、ニルファはきっぱりと〝胎后として出廷する〟と断ってきた。

　胎后として誰に恥じるものでもない、だから胎后としての姿で出るという。

《お前の胎后になると、自分で決めた。だから説得は自分でやる》

　真っすぐ自分を見てそう言ってくれたニルファに、胸が熱くなった。

　焦がれ続けた相手が、自分を選んでくれたという想いと、自分とともに生きるために正面から闘おうとしてくれていることに、幸福感と興奮で胸が高鳴る。

　その気高い美しさを、心から自慢して貴族たちに見せつけてやりたい気持ちが半分と、そんなニルファの煽情的な姿を、自分以外に見せたくないという独占欲が半分で、自分でも気持ちが揺れている。

　イシュクの予想通り、男どもはニルファの衣装から僅かに透けて見える肢体に釘付けになっている。奴らが、どんなに妄想を逞しくしてニルファの身体を想像しているかと思うと、今すぐローブで彼を隠してしまいたいくらいだ。

　同時に、そんな視線に微塵も気を取られず、冷ややかな表情を保っているニルファに感心する。

　昔からのことで視線に慣れているのか、肝が据わっているのか、いずれにしても、胎后然としてたじろがない姿は、イシュクにとって誇らしい。

　イシュクが玉座に座ると、隣の椅子にニルファが腰を下ろす。

　先にイシュクが口を開いた。

「今回、胎后について神殿に歴史の検証をしてきた」

ニルファが胎后であることを前提として話す。居並ぶ皇族、貴族の表情はばらばらだ。

　顔をしかめる者、有り得ないという顔をする者、憮然とした表情を隠さない者もいるし、純粋に驚いている顔もある。

「これはティギア王朝の頃の記録だ。この書によると、ティギア王朝より前は、男が子を産むことが一般的だったとされている」

手にしていた書を見せる。周囲は掘り起こしてきた奇妙な説に、どう反応していいかわからないらしい。

――そうだろうな。

ずっと伏せられていたことなのだ。

「男性しか生まれなかったティギアは、ロドメダを併合して王女を娶り、そこから胎后制度が生まれた。女性に子どもを産んでもらうためだ」

ロドメダ人との融合を図ったティギア王は、過去の歴史を封じ込めた。

史書を禁書扱いにし、民が二千年以上前の歴史を学べないようにした。それだけではない、長らく同性で子を得ることが当たり前だったティギア人に、ロドメダ人との混血を図るため、同性婚を禁じる強い政策に出た。

法で禁じるだけではない、社会倫理として同性を選ぶことが禁忌になるように仕向けたのだ。

「結果として、衰退の一途にあったティギアは人口を回復し、いくつもの王朝が興るまでに至った。ここから先は、皆も周知のことだと思う」

歴史を封じるということは、単に過去を学べなくなるだけではない。年月とともに発展してきた技術さえ、失ってしまうリスクを伴う。

――それでも、ティギア王は選んだのだ。

この頃、泉の水は枯渇することが多くなったと記録されている。現在の状況に似ていた。鉱水をもたらす微生物は、成長速度が遅くなったのだ。

泉の水は、いつか枯渇するかもしれない。ティギア王は遠い将来のことまで含めて考え、ロドメダとの融和を選んだ。

その結果、イェクターに影響を与える皇帝の一族以外は、ロドメダの女性と結婚することで自然に子を得ることができるようになった。泉に頼らなくても生きていけるようになったのだ。

泉は、皇帝とその血に連なる者たちだけのものとなった。国の施策は功を奏し、人々はいつしか当たり前のように異性を選んで家庭を築いた。その政策の名残が、今でも強く社会を縛る同性禁忌だったのだ。

「し、しかし…その書が事実であるという証拠は、どこにございます」

皇族のひとりが声をあげる。学術機関を束ねる男だ。すんなり認めるわけにはいかないのだろう。

「神殿に埋もれているのは、蛮族の過去の遺物。国が認めた、学術的に価値のある資料ではありません」

過去に滅ぼされた国々のガラクタが埋まっている…学者たちの多くはそう思っている。

別な貴族も声をあげた。

「私も同意見です。本当に重要な資料は、常に国が保管しております。俗信の入り混じった眉唾物を証拠とされても……」

同意する空気が貴族たちに広がる。

ナヴィダルの言っていた通りなのだ。国の中で、神殿は学問的に価値がないとされ、民衆の癒《いや》しとしてしか存在を認められていない。

埋もれた貴重な文物は、国の御用学者たちによって徹底的に否定され続けてきた。

「お待ちください」

最もその価値を理解しているニルファが、口を開く。

「陛下が提示された書は、ティギア王の側近のひとりだった学者による手記です」

ひじ掛けを握り、すっと立ち上がる。

――ニルファ…。

「著者の立場からして、内容は充分信頼に足るものでしょう。年代測定については、のちほど現物で確認していただきます。念のために、同年代の類書を何冊か神殿から引き揚げてきました」

冷静な声は、いつもと変わらない。イシュクは威厳すら感じる横顔を眺めた。

密度の濃い睫毛に縁取られた、美しい瞳。眉ひとつ動かさず、淡々と、だが隙なく語る表情。どれをとっても、未だに見るだけで心が疼く。

「複数の書物に、同じ記録が残されています。古代ティギアが単性生殖だったことは確かなようです」

ニルファは目で示し、階段の下にいるスィミンに資料を広げさせた。

「この資料も充分価値はあります。しかし、最も有効な証明は、私が子を産むことでしょう」

ニルファの発言に、場全体がざわめく。

顔を赤くする者や動揺する姿も多かったが、当のニルファは平然と続けている。

「結果はまだはっきりとはしていません。ですが、子を得るかどうかを別として、私はここで立后《りっこう》を宣言します」

どよめきで場が渦巻く。ニルファはそれを黙って見ていた。

子という正当性を主張しない。たとえ世継ぎを産めなくても皇后になると宣言され、周囲はかえって否定のしどころがなくなってしまったようだ。

非常識だ、とどこからか声が聞こえる。同性の皇后など…という非難はニルファにも聞こえているのだろうが、ニルファは相手にしていない。

そういう声は、拾うほうが負けなのだ。

――やっぱり、お前はすごいな。

宰相向きだと思う。政治は、どんな善策を敷いてもどこかに不満の声があがる。万人が納得する施策など、ないのが普通だ。それでもメリット、デメリットを判断して決定を下さなければならない。ニルファは、そうした物事の進め方ができるのだと思う。

　ニルファだけで充分この場を収められそうだったが、イシュクは自分の伴侶として、己の手でニルファを護りたかった。

「俺はニルファ以外の后を持つつもりはない」

　立ち上がり、ニルファを庇うように一歩前に出る。

「…陛下」

「いずれにしても、受胎期間は過ぎている。今さら他の胎后を選んだところで意味はない」

　どうしても女性の胎后を選ばせたがる大臣が、階段の下から仰ぎ見ている。イシュクは太い笑みを浮かべた。

「それに、御徴《ゾフレフ》を持つニルファと俺の子だ。もしこの組み合わせで世継ぎが生まれたら、帝国中で最も強力な血を持つことになる」

　イシュクの一言に、ざわざわしていた貴族たちが黙った。

「結果が楽しみだな」

　最後はニルファに向けて言ったつもりだ。だが、振り向くと、ニルファがふらりと身体を傾けた。

「ニルファ！」

　ひじ掛けを掴み、苦し気に眉を顰めている。

「…大丈夫だ……騒ぐな……」

　きつく目を瞑り、痛みをこらえるような姿に、イシュクはその場でニルファを横抱きに抱き上げた。

「医師を呼べ、謁見は終了する」

　――――ニルファ…。

　ニルファは身体を丸めるようにしてじっとしている。白い頬が、もっと青白くなったように見えて、イシュクは平静でいられなかった。

　抱いたままパルフに乗り込み、スピードを無視させて最速で胎后宮へと戻った。

◆◆◆

ニルファは胎后宮の寝台に寝かされていた。枕元では、イシュクが難しい顔をして見守っている。診察した医師は二名で、彼らは慎重に何度か小声で話し合い、なかなか結論を言わない。

イシュクが焦《じ》れている。そのうち心配した妹とアーファーリンが部屋を訪ねてきて、入ってもよいかをスィミンが聞いてくる。

「かまわない、通してくれ」

「ニルファ」

顔をしかめたイシュクに、横たわったまま微笑みかける。

「彼女たちも心配なのだろう。医師の言葉を直接聞いたほうがいい」

「…」

ニルファには、不思議な予感があった。

実は、宮廷に向かった時からなんとなく下腹部に張りのようなものを感じていた。痛むというほどではないが、シクシクとした感覚があって、それが、あの場で立って話しているうちに鋭い痛みに変わった。

けれど、今は落ち着いている。同時に、ぼんやりとした微熱があった。

なんとも言えない不思議な体温だ。これといってはっきりした何かがあるわけではないのだが、ニルファには、悪い兆候には思えなかった。

「お兄様！」

「ニルファ様」

皇女とライリが駆け込んできて、枕元で跪く。ニルファは泣きそうな顔をしているアーファーリンに、穏やかに言う。

「そう心配なさらなくても大丈夫です。痛みは治まりました」

「ニルファ様……」

「診立てはどうですか？」

ニルファは、女性たちの反対側にいる医師に声をかけた。

「まだ、確定とはいえないのですが…この部分が」

失礼いたします、とそっと留め金を外した装束の前合わせをずらし、臍《へそ》のあたりだけが見えるようにする。

――……？

まるで臍に蓋をするように、親指の爪の半分くらいしかない、丸くて白い球のようなものが埋まっている。医師は、あくまでも推定だと何度か念を押してから言う。

「拍動があるようなのです」

医師の言葉に、心臓がドクンと鳴る。ライリの、もしかしてという期待に満ちた声に、医師は慌てて説明する。

「まだ、確実なことは何も言えません。本当に仮の診断ですから」

「でも、でも、拍動って、赤ちゃんがいるということなのね？」

アーファーリンは暴走気味に結論を急いでいる。女性ふたりがきゃあきゃあと騒いで、場は花が咲いたような明るさだ。医師がどんなに誤診の心配を言っても、ふたりは大喜びで聞き入れなかった。

「素敵！　ニルファ様に赤ちゃんが生まれるのね」

許すと言ってからのアーファーリンは、ことあるごとにニルファのもとに来る。詫びの気持ちもあるだろうが、自分のしたことでニルファの立場が難しいものになったことを心配しているのだ。

だからなのだろうか、純粋に喜んでいるアーファーリンの顔を見ると、自分もホッとする。そして、はしゃぐ女性たちの横で、言葉もなく立ち尽くしているイシュクと目を合わせた。

感極まったような顔をして黙っているイシュクに

微笑みかける。そっとイシュクの手が伸ばされて、ニルファはその手を握った。

「……本当、か」

「おそらく…」

「……」

　親指の爪よりも小さい卵。少しでも乱暴に起き上がったら腹から転げ落ちてしまいそうで、ニルファも、うっかり顔を上げて覗き込むことすらできない。

　けれどその小さな拍動が、肌から伝わってくる気がするのだ。

　温かくて力強い、小さな鼓動。ニルファは確かめるように目を閉じて脈動を追う。

　医師はそっと布を戻し、くれぐれも安静にしていてくれと指導する。

「当面、立ち歩きはお控えください。過去に似た事例がないか探してみますが…」

「わかった。こちらも、神殿から早めに資料を届けてもらうように伝える」

　男子出産については、きっとナヴィダルが資料を見つけてくれているだろう。スィミンは、急いで神殿に状況を連絡すると言う。

　ライリが嬉しそうに微笑みかけてきた。

「おめでとうございます、お兄様。私、なんだかドキドキしてきました」

「…」

　妹に祝福を受けるのは奇妙な気分だ。

「これから、毎日お見舞いに伺います。ご入り用なものがあったら、なんでもおっしゃってくださいね」

「私も毎日来ますわ。なんでもお手伝いします」

　ニルファはクスリと笑った。イシュクが、本気で嫌がった顔をしている。

　どんな名前になるのか、皇子なのか皇女なのか…そんな先のことまで夢中になっているライリたちに、ニルファは苦笑してしまう。

「……兄の出産など、おかしなことだろうに」

「あら、だって古代では当たり前のことだったのでしょう？」

謁見の場にいたアーファーリンは素直に納得したようだ。そしてライリも微笑んだ。

「私、お兄様とは今のほうがずっと親しくなれた気がします」

「ライリ…」

「今まで、ずっとお兄様はいずれ皇太子殿下になられるのだと教えられて、近寄りがたい存在でした」

確かに、兄妹とはいえ自分は別格な扱いで育った。自分だけの棟を与えられ、常に侍従と下男の護衛が付き、帝王学を進講されるために、同じ学校に通うこともなかった。妹たちとは一緒に遊んだ思い出もない。

ライリは目を輝かせて言う。

「お兄様はムスターク家の誇りだと思っておりました。でも、私は今のお兄様のほうがずっと好きです」

「ライリ…」

「まるで、お姉様ができたような気がするのです」

にこっと笑って言われると、返しようがない。ライリは長女らしい、しっかりした表情で宣言した。

「王宮のどなたにとっても、お兄様のご出産は初めてのこと。私、できる限り赤ちゃんに関する情報を学んでおきますわ」

安全に、必ず無事に出産しましょうと励まされて、ニルファは心から感謝の笑みを返す。

「ありがとう…」

家族はいるが、あまり身近に感じたことがなかった。けれどこんな事態になって、初めて肉親の温かさを知った気がする。

「頼みにしている」

誰もが、この豆粒ほどの小さな命を護ろうと決意している。ニルファはありがたくて泣きそうな気持ちだった。


　そして、医師や皇女たちが引けたあとの胎后宮で、イシュクだけが残った。

　寝台に横たわったまま動けないニルファの枕元で、イシュクが跪いている。

　ニルファの体勢は少し枕を高く積んでもらって、お腹《なか》のあたりが見えるようにしてある。指先で触れてみても、まだ皮膚の延長のようにやわらかくて、おそるおそるしか触れられない。

　イシュクが小さな萌芽《ほうが》を見つめながら、抑えきれないように呟く。

「本当に……身籠ったんだな……」

「ああ……」

　イシュクがそっと頭を近づけ、腹に接吻《せっぷん》する。

「……ありがとう」

――イシュク……。

　深く、想いを込めて額ずくように唇が触れる。ニルファも、その黒髪の頭を抱きしめた。

「……」

「……」

　幸福の静寂が満ちている。ふたりは長い時間、宿った小さな命に感謝を捧げた。

◆◆◆

　妊娠確定の情報は、宮廷中を駆け抜けた。

　スィミンの報せを受け、ナヴィダルは翌日、山のような書物とともに王宮へ来た。医師たちは日に何度も診察し、そして豆粒ほどだった白い卵が、みるみる掌に収まるぐらいまで大きくなって、三日もせぬうちに受胎が告示された。

　宮廷は騒然となった。同性での受胎が現実となったことで、もはやニルファの立后を否定する者はいない。

過去の歴史がどうであれ、現実にニルファが子を宿していることが大事なのだ。イシュクの言った通り、これは他の七人の胎后の誰よりも強力な血筋となる。

直《ただ》ちに〝胎后受胎〟としての様式が用意され、ニルファのもとには受胎後の装束が届けられた。

寝台に寝かされたまま、装具を整えられていると、ライリと皇女がやってきた。

「ごきげんようお兄様。お加減はいかがですか？」

「まあ皇女殿下、ライリ様も、どうぞこちらへ。ニルファ様は、今胎后のご衣裳を整えられているところですよ」

王宮に滞在となったナヴィダルは、大喜びで女性たちを招き入れる。皇女はニルファの両腰に付けられた飾りに興味津々だ。

「ニルファ様、それは赤ちゃんのためのものですの？」

「そのようです」

金糸を施した衣装の上から、ウエストを強調するように左右に金具が付けられる。そこに、丸みをおびた幅の広い帯状の装具をかちりと嵌め込むのだ。

「懐妊した胎后は、腹部を強調する装束になるのだそうですよ、皇女様」

ナヴィダルは十年に一度しかない王宮のしきたりを説明する。

複数の胎后が選ばれるようになってから、懐妊は何よりも権力の象徴となった。身籠った時の装束は、膨らんだ腹を強調する飾りに変わり、だんだん大きくなっていく腹部を覆って、御子の存在をアピールする。そのために、左右の腰飾りにジョイントできるよう、前の帯部分は取り外しができるのだ。

「少しずつ、大きさに合わせて三十種類も用意されているようです」

「まあ…」

寝台の脇には、帯を収めた大きな飾り箱が置かれている。布張りの内側には、少しずつカーブを大きくした装具が順番に並んでいた。

初めはただの繊細な金模様なのが、膨らみが大きくなるにつれて銀やダイヤ、ルビーが埋め込まれはじめ、最後のほうには歩いたら揺れて音がするだろうと思われる、粒宝石の飾り房が付いている。

「すごい……」

「美しいですね」

ライリも皇女もほうっと溜息をついている。ニルファにはあまり響かないのだが、やはり女性にはとても魅力的な装飾らしい。

「見た目はともかく、この装束があるのは助かる」

「お兄様」

「これがなかったら、寝たきりになるところだった」

まだ浅いカーブの帯を着けた状態で、上半身を起こす。

ライリたちは慌てたが、大事な卵は装飾のおかげで、布の下でしっかり守れている。

赤ん坊の入った〝卵〟は、丸い形をしているが、殻のように守ってくれる硬さがない。胎盤を内外で逆にしたように、臍のあたりが少し盛り上がって繋がっていて、卵はそこにぴったりとくっ付いている。

取れはしないだろうが、怖くて少し身動きをするだけでも、思わず手で庇ってしまうぐらいだ。

「この装具があれば、歩いても大丈夫だと思う」

身籠って膨らむ腹部に沿うように作られた装具は、卵を安全にカバーして支えてくれている。これから卵がもっと大きくなっても、装具は臨月までの大きさが用意されているから安心だ。

「この意匠には感謝している」

ニルファはそっと帯の上からお腹を撫でた。まだ片手に収まるサイズだが、胎児の存在はもうはっきり確認できる。

「お歩きになれるのでしたら、安心です」

　ライリが微笑む。

「もう少し安定されましたら、ぜひご出座くださいませ。お兄様のお姿を見たいと、もう宮廷中で待ちかねているのです」

　大げさな、と思うが、アーファーリンも加勢する。

「そうなの。他の胎后たちがどんどん懐妊を発表して宮廷に出てきているから、ニルファ様はまだかって、皆言ってるわ」

「他の胎后方も、発表があったのですか」

　ライリが、皇女をたしなめながら言う。

「…ええ。イシュク陛下の妹君のミナ様も、うちのリマも、昨日発表がありました」

　ムスターク家では、三番目の妹のリマが胎后に選出されていた。ニルファは、妹と同時期に身籠ったのが不思議な気分だ。

「リマの体調はどうだ？　無事か？」

「ええ。母子ともに健やかだと…」

「そうか」

　リマとも親しく話したことはないが、無事に出産してほしいと思う。ナヴィダルは、ライリたちに古代の〝男子出産〟について説明する。

「ニルファ様のご懐妊は、臨月まで特に変わったことはございません。このまま、本来胎内にあるはずの胞衣が体外にある状態で育ちます」

　この頼りない膜は、通常の胎児が胎内にいる時に包まれている〝胞衣《えな》〟と同じものだという。

　本来薄い膜の胞衣は、身体の外に出ているため、胎児を守れるよう厚みを増している。そして胎児が充分に成長し、それ以上大きくならないというところまでくると、硬化して殻になるという。

「そうなれば、あとは殻が割れてお生まれになるのを待つだけです」

　殻になって硬くなると、胎盤からの酸素補給が途絶える。それを合図に赤ん坊は肺呼吸をはじめて、殻を割るのだ。

　話を聞いていても、まったく実感はできない。だが、誰もが未知の出産にワクワクしていた。

「楽しみですわ」

「ねえ、ニルファ様、赤ちゃんのお名前はもうお決めになったの？」

「まだですよ」

「じゃあ、私が考えてもいい？」

　楽しそうなアーファーリンを見ていると、彼女が胎后にならなかったのは、結果的によかったことだったと思う。

　彼女はまだ無邪気な少女だ。無理やり胎后にしてしまったら、きっと傷ついただろう。ニルファは妹のひとりを見守るような気持ちで、アーファーリンにやさしく言えるようになった。

「お気持ちは嬉しいですが、名前は陛下がお付けになりたいでしょう。父親ですから」

「あ、そうか…そうよね」

　じゃあ、代わりにミルクをあげるのを手伝ったりしていいかと聞かれて、笑みを向けて答える。

「ええ、ぜひ可愛がってあげてください」

　彼女もきっといつか、自分の子どもを望むようになるだろう。時が来れば、自然に大人になれると思う。

　産着を用意したい、靴を用意してあげたいとあれこれ企画するふたりを、ニルファはベッドで微笑んで見守っていた。


　四か月後、発育の安定を充分確認してから、ニルファは宮廷に出た。卵はもう両手で抱えるほどに成長していて、腹部を飾る装飾は、何度か丸みの大きなものに替えている。

細かく透かし模様の入った金の装飾には、ダイヤやオパール、銀の飾りが施され、高貴さを表す紫水晶がところどころに嵌め込まれていた。衣装も薄く透ける布の装束から、厚い白絹に金糸の刺繍をされた長いドレスに変わる決まりだ。

皇帝に手を引かれて出座すると、緋色の絨毯の両脇で控えている宮廷の人々は、感嘆の声をあげる。

そして最初のひとりが恭しく頭を下げると、波が伝わるように、ざっと一番奥まで人々が深く伏していった。

「……」

ニルファは、代々の胎后がこの装束を誇らしげに着るという意味がわかった気がした。

命を宿したという、厳粛な喜び。体内に命を抱いているという矜持を込めて、胎后はこの衣装をまとったのだと思う。

玉座が近づいて、ふと左を見ると妹のリマが最前列にいるのが見えた。夫となったのはニルファと同じくらいの年の青年貴族で、仲睦《むつ》まじそうにこっそり手を握り合っている。

――よかった……幸せそうで。

胎后に選ばれた場合、下賜にはある程度は事前に意向を確かめられるが、政治的な組み合わせの色が強くなる。それに、后位を望む者からすれば、下賜されて貴族の妻になるのは落胆することだろう。リマの性格をほとんど知らないだけに、微笑ましい様子を見られたのはほっとすることだ。

玉座に上ると、あとはイシュクに任せてゆったりと座っているだけでよかった。

――政治も問題なさそうだ。

イシュクは、スィミンの祖国にイェクターの加工を任せる気らしくて、現在さまざまな関係各所との調整を繰り返している。国にとって大事なイェクターの加工を国外に出すということに、反発も少なくない。

　また、大臣たちと対立しているのではないかと心配していたのだが、イシュクはうまくやっているようだ。

——もともと、対外交渉は私などよりずっと優れているからな…。

　人に好かれるイシュクなら、きっと理解を得られるだろう。自分も、スィミンたち密入国者の状況を見て、閉鎖一辺倒の国策に限界を感じていたのだ。

　上から見ていると、何人もの胎后選出者が、少し腹部の目立つ状態で出席している。波乱含みでどうなるかと思っていたヤーシャールも、無事に着地したのだ。

　ニルファは穏やかな気持ちで人々の祝辞を受けた。


「……どこを触っている」

「いや、卵を抱えてたら、腰がしんどいかなと思ってさ」

　宮廷から胎后宮に戻ると、イシュクがすぐ腰に手を回して抱き寄せようとする。スィミンがいてもおかまいなしに抱擁しはじめるイシュクに、ニルファは軽く顔をしかめた。

「……嫌か」

　残念そうな顔をしながら、なかなか手を離さないイシュクに、睨み続けるのは難しい。けれど、ここで許すとイシュクは際限なくベタベタしてくるのだ。ニルファは心を鬼にして命じる。

「人前でやるな」

　今までまったく気付かなかったのだが、イシュクは、ずっと自分に対して遠慮があったようだ。その分なのか、想いが通じ合ってからは、何かと理由を付けては抱きしめたりキスしてくる。

ニルファとしては、こういう男だったのか、と意外な感じだ。

——もっと、クールなのかと思っていたのだが。

嬉しい誤算ではある。だが、イシュクのペースに乗ってしまったら、自分はどんどん人前で恥ずかしい姿を晒すことになってしまう。

抱きしめられたら、平静な顔を保てない。

「人前じゃなきゃいいんだな？」

「……それは……」

イシュクが目線でスイミンを下がらせる。その頃にはしっかり両腕で抱えられていて、ニルファは逃げようがなかった。

金色の瞳で見つめられる。色気と強さを秘めた目で、うっかり見つめ返したら、心を絡めとられてしまいそうだ。

「触れるくらいは許してくれ。出産まで抱けないんだ」

抱きしめたまま、感触を味わうように首筋に顔を埋められる。肉感的な唇が耳元を這って、ニルファは頬が紅潮していくのを止められない。

「……イシュク」

イシュクの愛情表現はストレートだ。真っすぐ求められる情熱に勝てない。

「ニルファ…」

心をほどかれるままに、イシュクを受け入れてその身体に手を伸ばす。すると、スイッチが入ったかのようにイシュクの抱擁が情熱的になってしまう。

「こら…やめろ…強くするな」

急に母性で危機感を覚え、頬や首にキスの雨を降らせるイシュクをぐいっと手で押し返す。

「卵が圧されるだろう」

いくら金装飾の帯で守られているとはいえ、何かあったらと思うとつい強く庇ってしまう。眉間に皺を寄せて叱ると、イシュクはしゅんとした顔をした。

「……悪い」

「…」

　イシュクの目元が少し赤い。溢れた感情を持て余したように目をそらして黙っている。そんな姿を見ると心がキュンと引き絞られ、ニルファは結局、その手を取った。

「しばらくはこらえてくれ。この卵は、本当にやわらかいんだ」

　厚みはあるけれどむにゅっとした毬のようだ。ニルファは、イシュクの手を合わせの間に導き入れ、そっと胎動を繰り返す卵に触れさせた。

「ほら…わかるだろう」

　イシュクは意外にも少し頬を赤らめた。けれど驚いたような顔をして、こわごわと卵を確かめている。

「多少神経質になるのは許してくれ。私も出産は初めてで、卵がどの程度まで頑丈なのかわからない」

「…動いている」

「ああ、けっこう蹴ったり、ぐるっと回ったりしている」

　そんなに動くものなのか、と驚くイシュクに、まるで証明してみせるように、卵の中の胎児がパンチを繰り出した。

「すごいな…手だってわかる」

　合わせをくつろげて、もう少し見やすくしてやると、赤ん坊はむにゅむにゅと、踵《かかと》や手で胞衣を押して暴れた。

「…父親が触れているとわかったのかもしれない」

「そうかな」

「ああ、いつもより動いている」

　まるで喜んではしゃいでいるようだ。イシュクはしばらく愛おしそうに、胎児の小さなキックを掌で包んでいた。

「生まれるまでは、この子を優先させてくれ」

「……ああ」

卵を覗き込んでいる黒髪を撫でる。

「お前に触れられるのを嫌だというわけではないんだ」

臆病で、うまく言えない自分の何倍もの愛情を示してくれるイシュクのことが好きだ。

本当は、自分がそうされて嬉しいように、イシュクにもこの想いを伝えたい。ニルファは撫でていた頭を胸のほうに抱き寄せる。

「ただ、場所と時期は弁えてほしいだけなんだ」

「ああ。ちゃんと気を付ける……」

そっと、想いが溢れるように喉元に接吻けられた。唇がうなじを辿り、名を呼ぶ吐息が喉を掠めていく。

――イシュク…。

もどかしい制限の中で、愛情を伝えてくれている。そのやわらかな愛撫にうっとりしそうになった時、イシュクの手が、卵を慎重に避けて帯の下に進みそうになっているのに気付いて、ニルファはぴしゃりと手首を摑んで服の外に摘みだした。

「イテ…」

「…お前は、本当に私の言うことを理解してないな」

「わかってる。だからそっとやっただろ…」

「そういうことじゃない」

――前言撤回だ。

愛情にデレデレしてはいけない。イシュクには、動物並みに厳しく〝躾《しつ》け〟ないとダメだ。

「次にやったら、出産まで胎后宮を出入り禁止にするからな」

えー、と隻眼の皇帝が情けない顔をする。色男のくせに、本当に叱られると尻尾があるかのようにしゅんとするのが、悔しいが可愛い。

しかしニルファは、甘くなりそうな心を律して厳命した。

「許可したところ以外は触るな」

「……わかった」

メフ・ルダードの皇帝は、皇后の命令に残念そうに頷いた。

◆◆◆

ニルファが臨月に入った。イシュクは妊娠が発覚してから、毎日のように胎后宮に行っている。

ニルファにも皇后としての公務があるが、出産に先立ち、しばらく取りやめる通達をしてある。すでに下賜された娘たちには次々と子が生まれており、ニルファは最後だった。

王宮で最も明るい胎后宮の扉を開くと、部屋には水路のせせらぎと、ふわりと甘い花の香りがする。

「イシュク…」

水路のそばの床には絨毯が敷かれ、ソファとクッションがいたるところに置かれている。ニルファが楽な姿勢でくつろいで過ごすためだ。皇帝の姿に気付くと、おしゃべりをしていたライリとアーファーリンは挨拶をして部屋を辞していった。

彼女たちは、もういつ生まれてもおかしくないニルファの身体を心配して、自分がいない間は積極的に部屋を訪ねてくれている。アーファーリンとは色々あったが、今では悪くない関係だ。

「体調はどうだ？」

大儀そうに立ち上がるニルファを庇うと、ニルファはせり上がった合わせを撫でて笑った。

「本当に、胎后の装束がなかったら歩けないな」

半円を描くように作られた金の装飾は、まだ臍の緒で繋がっている胎児を、ゆりかごのように包んでいる。

「もうあまり動かなくなった」

先月までは、頻繁に胎児が動いていた。蹴ったり手を伸ばしたり、薄い胞衣からはくっきり踵の形がわかるほどだったのに、最近はずっと眠っているかのように大人しい。

イシュクは歩きにくそうなニルファを抱き上げた。

「このくらい歩ける」

「いや、転んだら危ないから」

「……」

名目を挙げると、ニルファはしかめ面をしながらも身体を預けてくれた。

伴侶となってから、ニルファはかまいたいイシュクの行動をだいぶ我慢して許している。けれど、難しい顔をするくせに、ふと気が緩むとふわりとした表情で寄りかかってくれて、その重みを感じると、たまらなく幸せになるのだ。

――ぎゅうぎゅうやると、嫌がられるがな。

基本的に、人がいるところでかまうとぴしりと怒られるので、人前では澄ましている。その分、こうしてふたりきりになった時が楽しみで仕方がない。

皇帝という仕事は、思っていたより忙しかった。前皇帝のことはちゃんと見ていたつもりだったのだが、やはり自分がやってみるのとでは違うのだ。

本当は、神殿に籠った数日も大騒ぎだったらしい。まして今はアルマンへの技術移転を計画しているので、忙しさはひとしおだった。ニルファをベッドに下ろすと、腕が離れる前に逆に、ニルファが労ってくれる。

「忙しいのだろう。お前こそ、身体は大丈夫か？」

「ああ。俺はなんともない」

そう言いながらも、首に腕を回されると、そのままニルファに寄り添ってしまう。甘いことをなかなか言ってくれないだけに、こんな風に気遣われると心が浮き立つ。

――ニルファ……。

ニルファの体温と、ヒートの残り香のような重く甘い香り。首元に顔を埋め、近寄りがたい雰囲気を持つニルファに、好きなだけ触れられる夫の特権を噛み締める。

　寝台の縁に座り、そのまま抱きしめていると、ニルファの手が髪を掻き混ぜた。

「無理をするな。移転問題は、まだ難航しているのだろう？」

「……まあな」

　ニルファに怒られないので、そのまま抱きしめて答える。

　大反対になったのは予想通りだ。自分も、早期に実現するとは思っていない。焦ってはいないが、調整を繰り返すのはやはり大変だし、こうして労《ねぎら》われるとやはり嬉しい。

「あまり、助けにならなくてすまないな」

「お前には一番大事な後継者を産んでもらうんだ。何もしてやれないのは俺のほうだろう」

　ふたり分を抱えて生活するニルファは大変だと思うのだが、見守る以外何もできない。

　顔を上げて見ると、ニルファはゆったりと笑う。イシュクはその微笑みにぎゅんと心を引き絞られた。なんだか、卵を得てからのニルファは、時々神々しさすら感じる。

「私は卵とのんびり過ごしているだけだ」

　重くて出歩けないので、ここで書物ばかり読んでいるという。

「ナヴィダルがアルのデータを写してきてくれた」

　そんなことができるのかと感心したら、アルにはデータを取り込む場所と、データを排出する場所があるのだという。互換性は、アルのほうで調整してくれたらしい。

「おかげで、あの謎の〝凍結〟のこともわかった」

「なんだったんだ」

「これを聞けばわかる」

　ふたりで寝台に寝そべりながら、ニルファがイェクターの嵌め込まれた石板から情報を立ち上げた。凝り性のナヴィダルが、アルを使って音声翻訳をしたらしい。

　本当にマメな男だ。

「これは、アルが最初に記録した学者の日記だそうだ」

　アルが試運転だった時のものだという。音声は現代語に訳され、物静かな男性の声になっていた。

　太陽の光が届かなくなって三年が経つ。噴火を引き起こしたのは隕石《いんせき》の衝突だが、噴き上がった粉塵《ふんじん》は思っていたより下降が遅く、世界はどんよりと厚い雲に覆われたままだ。深刻な食糧難が起き、人口は恐ろしい勢いで減った。

　音声は静かに、陽が射さない世界で食物を得るために、人工の明かりで食料を栽培したことを語っていた。

「そんなことができるのか」

「当時の技術ではできたらしい…」

　広大な農地を覆うために、巨大な屋根が必要になる。やがて、空を覆った灰色の雲は、太陽の光を遮って大気を冷やし、冷えた大地は凍りはじめるという悪循環が始まった。

　私たちは暖を求めて、よりいっそう気密性の高い空間を作りはじめた。ただ農地を屋根で覆うだけではない。壁で囲み、完全に外界から閉ざした空間を生み出した。そうしてできた閉鎖空間が、下へ、下へと掘り進められたのは、ごく自然な成り行きだ。

　石板から聞こえる声を聞きながら、イシュクはニルファの顔を見た。ニルファも、思うところがあるように頷く。

――これは……。

　どこの世界の話をしているのだろう。そう思いながら、これが八千年前のこの場所のことではないかと考えはじめる。


　やがて、どこの研究チームからも、地表の完全凍結は避けられないとの結論が出され、我々は本格的に地下での生活に向けて開発を進めることになった。

　何故なら、過去のデータから見て、一度凍りついた大地が再び溶けるまでには、長いと数万年という時間を必要とするからだ。


「……」

「この学者の記録は、ここから五年で終わっている」

　学者は地熱を利用して暖を取るシステムを布設した。そして地熱を引き出すために掘削した土を、硬化して建材に用いたという。

　驚いて声が出ないイシュクに、ニルファが静かに言う。

「私はずっと、帝国の建造物は上に、上にと建て増しされたのだと思っていた」

　記録にはそう記されている。メフ・ルダード朝になってから人口が増え、都市部は全て高層化されている。

「だが、その前に、この大地自体を深く掘り下げていたとは思ってもみなかった」

「…」

「あの崖こそが、出発地点なのだ。我々は、数千年かけて、二百メートルも下へと掘り進めてきていたことになる」

　――そんな……。

「崖ではなく、国のほうが、谷底にあるということなのか」

「おそらく…」

驚くべき史実だが、納得できないことはない。

イェクター化した岩石は、切り出して使われる。全ての石が均等に結晶化するわけではないから、産出地はどんどん崖が切り崩されている。国土の面積からしたら微々たるものだが、それを数千年続けていたら、どれだけ地面が掘り進むか、想像に難くない。

「初期の頃は、イェクターだけでなく全ての建造物が土を硬化して作られていたようだ」

そういう消費の仕方をしたら、地面などあっという間に削れていくだろう。学者の記録は、最後のほうで警鐘を鳴らしていた。

地下で人々が生活するために、酸素を消費する燃料系エネルギーは絶対に使用できない。鉄の製錬も、火力を使った調理も、一切の加工もしてはならない。

頼りになるのは、結晶構造に影響を与えられる「彼ら」だけである。だが、彼らに頼りすぎることが、私は不安でならない。

より強い血を求めて、近親婚が繰り返されるだろう。それがいつか、種の存続に致命的な疵《きず》を負わせるのではないかと危惧している。

「細かい単語は、私もよくわからない。ナヴィダル殿も、どうにか翻訳しようと苦戦しているところだ。だが、わかる範囲で、我々がイェクターを頼りにしていることと、繋がっていると思う」

イシュクも頷く。「火力」というのが何かはわからないが、この世界で動力となっているのは、結晶構造を変えられる我々が生み出す、イェクターだ。

「彼ら、というのが、我々の祖先なのだろうと思う」

「この学者が言っている危惧は、現実のものになったんだな」

「ああ」

男子しか生まれない…祖先が受けた受難が何に由来するのか、イシュクはずっと疑問に思っていた。

ニルファも同意する。

「ナヴィダルも同じ見解をしていた。血が近すぎるのは危険だ」

イエクター化能力を求めて急激に掛け合わせを行った結果、なんらかの形で、祖先は女性が生まれないという遺伝上の〝疵〟を負うことになったのだろう。種としては終わりだ。だが、絶滅するしかない種族は、生き延びる方法を探してあの泉を見つけた。

「この学者は、そこまで長生きはしなかったようだ。鉱水が発見されたのはずっとあとのことらしい」

ただティギア王朝が、男性が子を産んでいた過去を隠したように、この学者の時代にも、意図的に情報は隔絶された。

「このデータの最期に、〝願わくば、このメッセージが消されないことを祈る〟と書かれていた」

そこだけは音声になっておらず、サラサラとペンで紙に書かれている様子が映っている。

「どうして、そこまで隠す必要があったんだ」

「…これ、と具体的には書かれていないんだが、この学者の記録を読む限りでは、人々に地上の暮らしを思い出させないためだったのではないかと思う」

その場所へ行かせないためなら、たとえ人々の生活が不便になって、技術が失われてもかまわないという意志だったのだ。

そしてその通りになってしまった。自分たちは、八千年前の人々より、ずっと拙い技術と知識しか持っていない。

――そこまでして…。

「……地上」

自分たちが今いる場所が「地下」だといわれても、未だにピンとはこない。

「地上というのは、どこを指しているんだろうな」

ニルファも、答えられなそうだ。

「太陽とか星とか…どんなものか想像もつかない」

そもそも〝外〟というのからしてわからないのだ。

だが、ニルファがイシュクの髪を玩びながら言う。

「私も想像はつかないが、子どもの頃〝この世の向こう〟はどんな世界なのだろうと思っていた」

この世界には地面と、空という名の天井がある。左右は、国境の崖を越えるとさらに隣国がある。隣国の先にもまだ国があり、一説によると、どこまで進んでいっても世界の果てというものはなく、いつの間にか元いた場所に戻ってしまうのだという。

「騙されたような話だ。子どもの頃は、もしかすると魔法で世界が閉じ込められているのかもしれないと思った」

元の位置に戻ってしまうというのは嘘で、本当はどこかに〝世界の果て〟があるはずだと考えた。そして、同じようにこの地面にも天井にも〝その向こう側〟があるのではないかと思ったらしい。

「さすがに、子どもは天井まで行けないからな。その代わり侍従に地面を掘らせて、〝向こう側〟に行けないか試したことがある」

「面白い子どもだったんだな」

「お前は、そんなことを考えたことはないのか」

「……ある」

どこまでも飛べば、見たこともない世界に行けるのではないかと思っていた。

「だから、空挺に乗りたくて空軍に入ったんだ」

けれど、空挺で行ける場所は限られている。

空挺の技術は数百年間受け継がれてきたものだ。もちろん、時代ごとに改良を加えられているし、研究や開発も常に続いているが、それはまるで大昔に途切れた技術を、手探りで掘り起こしているようなものだとイシュクは思う。

――俺たちには、この広大な国土を何かで覆うような技術はない。

　首都は崖の上にある。充分高い場所だが〝天井〟はもっと上だ。それは分厚いイェクターでできており、空挺は激突したら大破する。資源として魅力的ではあるが、他のどのイェクターよりも硬くて、切り出して使うことは不可能だ。

「……」

　今までずっとそう思っていた。地面に硬い岩盤層があるように、天井にも硬い層があるのは当たり前だと思っていたのだ。けれど、もしあれが人の造った人工物だとしたら……。

　考え込んでいる時、不意に髪を撫でていたニルファの手が止まった。

　なんだろうと振り向くと、ニルファが苦しそうに眉根を寄せている。イシュクはハッとなって飛び起きた。

「ニルファ、大丈夫か」

「……医師、を……卵が………おかしい」

　寝かせようとして肩に触れると、金糸の衣装の下が、みるみる形を変えていく。

　――卵が……。

　まるで収縮するように小さくなる。次の瞬間に音とも言えない鈍い響きがあって、ニルファは茫然《ぼうせん》として動きを止めた。

「ニルファ……？」

「…卵…が………」

　確かめるようにニルファが合わせをくつろげる。ふたりで覗き込むと、卵は真っ白な球体になっていた。触れなくても、それが硬さを持ったのだとわかる。

「臍の緒が、取れているんだ…」

　途切れて離れた感覚があるという。イシュクは急いで医師を呼び、別室に控えていたナヴィダルを迎えにいった。

駆けつけたナヴィダルは、まるで産婆の経験でもあるかのようにてきぱきと指示をする。

「ニルファ様、大丈夫ですよ、深呼吸なさって」

もう卵と母体は離れていると言って、医師と一緒に装具を外し、そっと卵を取り上げた。

「これだけ硬いのですから、もうお生まれになりますよ」

どうすればいいのかわからない。新米の父親と母親は、ナヴィダルの指導にすがって卵を見つめる。

「生き物の常ですから、生まれるべき時に、ちゃんと自分で殻を割ります」

「そう…なのか…」

「ええ」

ナヴィダルは自信たっぷりだが、こちらは不安でならない。臍で繋がっていないのなら、殻の中で子どもは息が苦しいのではないだろうか。

収縮した丸い卵はベッドの上に置かれている。ニルファも、ベッドでへたり込むように座ったまま、ひたすら卵を見つめていた。

「こちらから、手をかけるわけにはいかないのか」

ニルファは心配そうだ。

「お待ちくださいませ。兆候があればお手伝いしてもよいでしょうが、こういうことは時期が早すぎても、遅すぎても駄目なのですよ」

親鳥が雛《ひな》を孵《かえ》す時と同じなのだという。互いにタイミングを合わせないと、無事に生まれることができない。

経験のない医師たちは、まるで役に立たずに突っ立っているだけだ。そして息を呑むような時間が流れ、卵が僅かに左右に揺れた。

「動いてるぞ」

「もうすぐです、陛下」

ゆらゆらと、卵はやわらかな上掛けの上で動いている。まるで、外に出たがっているようだ。

ニルファは、まだ駄目か、とナヴィダルに伺っている。

「……赤子にこの殻は、硬すぎて割れないのではないか」

助けては駄目か、とハラハラした顔で問う。ナヴィダルは、じっと卵を観察し続けている。

「もう少しだけ待ちましょう、ニルファ様」

でも、という声が心細そうだ。イシュクはニルファの手を握った。

「待とう」

子どもの〝生まれよう〟とする力に賭けたかった。

「きっと自分の力で出てこれる」

――俺の子だ。

「そんなに弱いはずはない」

「イシュク…」

卵のほうに手を伸ばしてしまいそうなニルファを抱きしめ、不安をこらえて殻が割れるのを待つ。

「大丈夫だ」

きっと大丈夫。必ず出てこられる。イシュクはまだ見ぬ我が子にも語り掛けていた。

――頑張って出てこい。

卵は、だんだん大きく傾いて動きはじめている。だが、ゴロンと前に半分動いた時、ニルファは耐えられないように手を振りほどいた。

「死んでしまう…」

「ニルファ様」

「出てこられないんだ。殻を割れなかったら、子どもが窒息する」

常に冷静なニルファが取り乱している。自分も、殻の内側で格闘している我が子を想うと、さすがにいても立ってもいられなくなって、ニルファと同時に卵に触れた。すると、その場所に、ピシッと音を立ててヒビが入る。

「あ…」

二方向に裂け目ができ、驚いているとにゅっと小さな指が出てきて、反射的にニルファの指を摑んだ。

「もう手伝って差し上げてもかまいませんよ！」

ナヴィダルが叫ぶより早く、ニルファは殻をぺりぺりと剝がしていた。頭が出るくらいまで殻を取り除くと、そのまま我が子を救い上げる。

「ご、御誕生でございます」

医者が、間抜けな声をあげた。涙目のニルファは声も出ずに赤ん坊を抱きしめたままだ。

「……よかった……無事で……」

ニルファははらはらと涙を流していた。抱っこされた赤ん坊は、何もわからずに、あーと笑っている。

「あら…？」

ナヴィダルが窓の外のほうを振り向いた。

今、轟《とどろ》きのようなものが確かに聞こえた。

「なんだ…？」

「なんでございましょうね……」

——かなり大きな音だった気がするが…。

周囲も不思議そうにあたりを見回していたが、やがてすぐ、生まれた赤ん坊のほうに意識が戻ってしまった。

「まあ、なんてお可愛らしい御子でございましょう」

「産湯を」

「陛下、御誕生の報を届けてまいります」

「ああ、頼む」

スィミンが、大臣へ男児誕生を告げに部屋を出る。何人もの侍女たちが湯やたらい、誕生に備えて準備していた産着などを持ってきて、胎后宮は慌ただしくなった。

ニルファは、まだ声もなく赤ん坊を抱きしめている。そっと背中をさすると、我に返ってニルファが振り向いた。

「……死んでしまうんじゃないかと……」

まだ涙が止まらない。よほど怖かったのだろう。

手が震えている。

「大丈夫だ。俺に似て、こいつは頑丈そうだ」

黒髪に金の瞳。自分でも、そっくりだとしか言えない。

笑いかけると、赤ん坊はあー、ともなーともつかない声をあげる。イシュクは思わず苦笑した。

「愛想も似たのか」

「…本当だ」

泣きもせず、元気に手を動かす赤ん坊に、ニルファもようやく泣きながら笑えた。

「駄目だな。自分のことなら平気なんだが……子どものことは、特別なんだな」

「……みんなそう言うな」

ニルファを抱えながら、あれほど冷静な彼の取り乱しようを思い出して、少し感動する。

「親になるって、そういうことなのかな」

自分より大事なものを持つ。愛さずにはいられない。瞼がはれぼったくて、しわくちゃの赤ん坊を見ながら、なんだかじんとしてしまう。

イシュクは、ニルファと顔を見合わせて笑った。

その時、ものすごい音と衝撃が起きた。

「！」

「わっ！」

衝撃波が窓にビリビリと響き、城が揺れる。イシュクはとっさに伴侶と新生児を庇って腕に抱えたが、ドォンという音がいくつも重なり、遠くどこまでも響いた。

「なんだ……」

全員が顔を強張らせる。

そして〝天井〟が割れた。

◆◆◆

半年後――――。

　ニルファは公務を終え、イシュクとともに胎后宮へと戻った。政務が片づいたら、真っ先に会いたいのは我が子だ。サラールと名付けられた男児は、現在六か月になる。

「おかえりなさいませ、陛下、ニルファ様」

　レースの天蓋に覆われたゆりかごの隣には、乳母と侍女がいる。ニルファがゆりかごを覗くと、まるまるとした黒髪の赤ん坊が片手を口に入れたまま、にこにこと見上げてくれた。

「サラール、いい子にしていたか」

「うきゃっ」

　抱き上げると、赤ん坊は嬉しそうに高い声をあげて笑う。ぷっくりした頬も大きな瞳も、何もかもが可愛くて仕方がない。ニルファは片手で抱くと頬ずりした。

「ニルファ様、サラール様はちょうどミルクのお時間でございます」

「そうか」

　日中は乳母の乳で育てているが、自分たちが帰ってきてからは哺乳瓶で与えている。サラールはどちらでも機嫌よく飲んでくれる子だ。侍女が急いでミルクの準備をしている間、ニルファとイシュクは赤ん坊を抱いてソファに向かう。

　イシュクが片手を口に入れているサラールの頬をつつく。

「腹が減ってるんだな。手がよだれだらけだ」

「本当だ…」

　サラールは父親そっくりだ。黒髪に金色の瞳をしていて、誰にでも愛想がよく、いつもご機嫌で笑っている。ニルファはそんな我が子が可愛くてならないが、イシュクが言うにはもっと自分に似てほしかったのだという。

　哺乳瓶に入ったミルクが来ると、イシュクが授乳をやりたがったので譲った。

見ているだけでも楽しい。哺乳瓶に吸い付き、ミルクに泡を出しながら飲んで、一生懸命鼻で呼吸をしているさまはいくら見ても飽きない。面白そうに片手で抱き、授乳しているイシュクを眺めるのも幸せだ。

「もう飲まないのか？」

　半分くらい飲み終えると、サラールは舌でべーっと押し出してミルクを拒否する。イシュクが根気よく口元に哺乳瓶をやってみるが、断固拒否だ。そのうち眉間に皺を寄せはじめて、顔を真っ赤にしてぐずりだした。

「貸してくれ。きっと眠いのだと思う」

「でもまだ半分も飲んでないぞ」

「眠いほうが先なんだ」

　げっぷをちゃんとさせてあげないと、眠ったあとにミルクを吐いてしまうかもしれない。ニルファは赤ん坊を抱きとり、縦抱きにして背中をさすってやる。エビ反りになってむずがっていたサラールは、こてんと肩に頬を寄せてくれる。

　ミルクと赤ん坊特有の匂いが愛おしい。

「よしよし……いい子だな」

「……お前にべったりだな」

「私が産んだのだ。母親に懐くのは当たり前ではないか？」

　サラールの背を撫でながら、羨ましそうな顔をするイシュクに微笑みかけると、皇帝は口を尖らす。

「俺もけっこう面倒をみてるつもりなんだが」

　それでも、最近のサラールはすぐニルファを求めて手を伸ばしてくる。

「人見知りの時期なのだそうだ。しばらく母親ばかりになるのは仕方がないな」

「……」

　納得がいかない顔のイシュクを慰める。

「父親の出番は、もう少し大きくなってからだ」

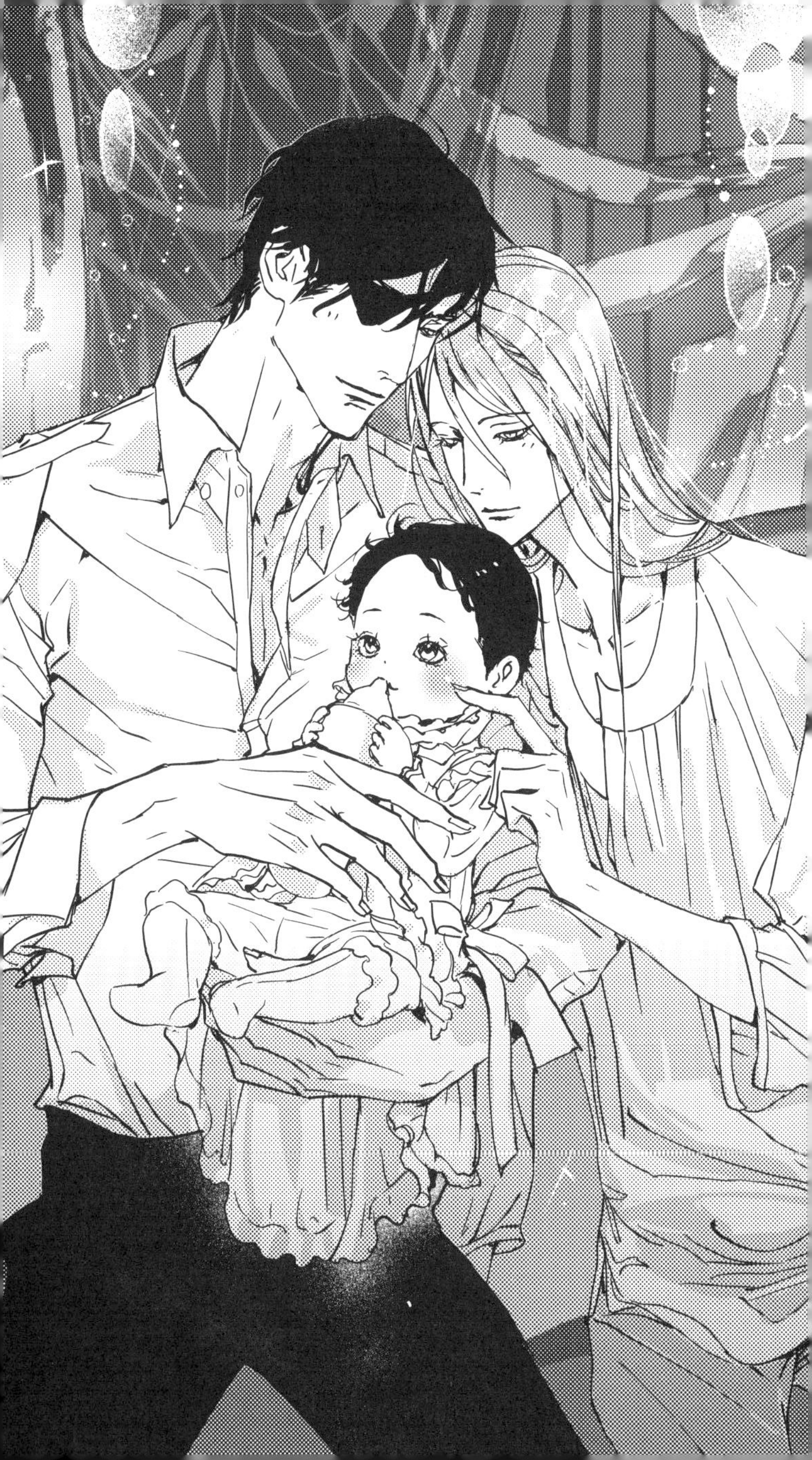

帝国を治め、激務の中で親としての務めを果たそうとしているイシュクの背中から、何かを学ぶ日が来るだろう。父親の本領はそこで発揮すればいい。

　サラールは本当に眠いらしい。手も足も熱くて今にも眠りそうなのだが、えぐえぐとべそをかいている。

「どうした？」

　おしめだろうか、とさりげなく絹の乳児着の裾からお尻のあたりを探ってみたが、布はさらさらだ。横抱きにしようとすると仰け反って嫌がり、余計ひどくなる。ニルファは立ち上がって抱き直し、とんとんと手であやした。

「んぎゃぁ…うえぇっ……」

　サラールは頼りない泣き声をあげ、目じりに涙を溜めている。可愛いのと、切なそうに泣いているのが可哀想《かわいそう》で、左右に揺らしてやりながら、まだやわらかくて細い黒髪の頭を撫でた。

「眠れないのか？　よしよし…」

　大粒の涙がぷっくりと丸い頬に伝う。しばらくあれこれ試してみたが、うまく眠りに入れなかったサラールは、泣き出したことで自分でも収拾がつかなくなったようだ。だんだん泣き声が大きくなってしまう。乳母を呼んでこようかというイシュクに、ニルファは首を振った。

「少し落ち着かせれば寝てくれると思う」

　昼間は、乳母と侍女たちに預けっぱなしにしている。だからせめて夜くらいは抱いていてあげたいと思うのだ。

　少し夜風に吹かれたらいいかもしれない…とイシュクと相談し、やわらかな布にくるんでからバルコニーに出る。

「腕が疲れただろう？　替わろうか」

「いや、大丈夫だ」

　本当は政務のあとでくたくただ。けれど、サラールを抱っこしていたい。

――――乳母や侍女に大切に世話をされても、親は私たちだけなのだから…。

小さなサラールが、日中に親を恋しがってさみしい想いをしているのではないかと、つい考えてしまう。

親としてできるだけ関わっていたい。いつの間にか、肉親と距離があった自分とだぶらせて、そう思ってしまう。

泣き止まなかったサラールも、灯りのないバルコニーに出てしばらくすると、ぐすんとしゃくりあげながら徐々に収まりはじめ、大人しく胸にしがみつくようになった。

「いい子だな、サラール」

えくぼができている小さな手が、ぎゅっとニルファの服を握っている。昼間かまってあげられない分、寝不足になってもいいから、ずっとこうしていたい。

トントン、とおしめで膨れたお尻をやわらかく叩いてやる。夜風が、真っ赤だったサラールの頬を心地よく冷やしてくれて、静かな夜に引き込まれるように、赤ん坊はウトウトしはじめた。

「寝るかな」

「し…」

寝入りばなを失敗すると、せっかくの努力が台無しになる。ニルファがイシュクを制すると、イシュクは声を潜めた。

バルコニーには月明かりで青い影ができている。中空に浮かぶ不思議な光も、夜空いっぱいにちらちらと瞬いている星々も、半年前まではなかったものだ。ニルファは赤ん坊を抱きながら、以前と似ているようで違う空を仰いだ。

「……もう、半年も経ったんだな」

イシュクがひっそりと呟く。

「ああ」

たった半年とも、こんなに色々あったのにまだ半年しか経っていないのか、とも思う。けれど、こうしてイシュクと子どもと、親子三人で夜空を眺めているのは不思議な気分だ。

サラールが生まれた時〝天井〟が割れた。だが、帝国をはじめ、ほとんどの国の民はその大事故に気付かなかった。この世界を覆っていた分厚いイェクターは、割れて落下する際〝溶けた〟からだ。

のちに学者たちがこぞって検証をし、イェクターは〝変質〟したのだとわかった。

イェクターは、岩石の組成を変質させたものだ。その構成がさらに変えられ、気体になったのだという。

氷が水に、水が水蒸気になるように、固体だったイェクターは溶けたあと、煙のような気体になって地上に霧散した。人々は亀裂が入った鋭い音は聞いたが、何が起きたのかはほとんどわかっていない。

「星というのは、綺麗だな」

「ああ……」

イシュクが感慨深く呟く。

古代の記録を読んでいた自分たちは、割れた天井の向こうに見えるのが〝空〟なのだとわかったが、その他の大部分の人々は、急に天井に不思議な光が瞬くようになったとしか思えないだろう。

どこの民も、このことに大騒ぎしている。

「八千年前も、こんな空だったんだな」

「ああ…」

夜に月と星が見え、昼に太陽や雲が見える以外、我々人間には、何ひとつ変わって見えない。あのイェクターでできた〝天井〟は、そのくらい正確に〝空〟を映し出していた。

凍り付く前の世界。青く明るい空とさんさんと降り注ぐ光、暮れなずむ夕焼け…天井の崩落を知っている自分たちでさえ、錯覚を起こしてしまいそうなほど以前と変わらない。

――あれが、〝外の世界〟……。

八千年ぶりに割れた天井の向こうにあった世界は、太古の記録とは違っていて、すでに氷が解けた状態だった。

〝地上〟は太陽が眩しく照らし、緑は復活し、樹々とそよぐ草原が広がっているという。

見上げる空は、以前と変わらない高さにある気がするのに、ずっとずっと距離があるのだそうだ。

すでに空挺で〝外〟に出たことのあるイシュクに、改めて聞いてみる。

「あの〝月〟までは、実際にはどのくらい距離があるのだろうな」

空挺でだいぶ高くまで飛んだというが、残念ながら月も太陽も、まったく近づくことができなかったらしい。イシュクも、夜空に煌々《こうこう》と輝く三日月を見上げて言う。

「わからないんだ。少なくとも、飛べる限界までいっても、大きさが変わらなかった……」

空挺の機能をパワーアップさせれば、いつか辿り着くかもしれない、と唸《うな》る。

「まあ、あれも〝新たな天井〟なのかもしれないが」

「その向こうに何かがあると？」

イシュクが笑って振り向いた。

「俺たちだって、天井の向こうが何か、想像できなかっただろう？　だから、あの空にも、〝向こう側〟があるのかもしれない」

ナヴィダルは、すでに古代の情報が詰まったアルに〝月は天体〟という謎の情報を得ている。〝宇宙空間に浮かんでいる〟というのだ。

「……」

世界は謎だらけだ。我々はまだあの星や月はおろか、〝地上〟すら知らない。

「今度、三人で地上に行ってみよう」

「三人…サラールもか？」

すっかり目を閉じたサラールを抱いたまま問うと、イシュクが金色の瞳で微笑む。

「ああ。ちびも、もう少しすれば空挺に乗ってても大丈夫だ。俺は、一番最初にコイツを地上に立たせてやりたい」

功労者だからな…と覇気のある笑みで言う。サラールの頬につん、と指で触れた。

寝入ったサラールはぴくりともしない。

「こいつは、自分で殻を破って生まれてきた時に、この世界の殻も壊したんだ…」

「イシュク…」

「そうだろ？」

否定はできなかった。天井の亀裂は、確かにサラールの産声とともに起きた。

先祖返りの方法で産まれた皇子。帝国で最も強大な御徴を持つ男たちから生まれた子であるサラールには、未知数の能力がある。

「証拠はない。だが、きっとこいつがやったんだ。俺は、サラールは新しい世界に出ていくために、俺たちのもとに生まれて来たんじゃないかと思ってる」

ナヴィダルみたいになってきたな、とイシュクは苦笑いしたが、ニルファも頷いた。

運命としか思えない。イシュクが自分を想っていてくれて、自分の恋があって、ナヴィダルやアーファーリンをはじめとした、さまざまな意図や思惑が重ならなかったら、この子は生まれなかった。

「私も、そう思う」

きっとこの子は、地上へと飛び出す。帝国は、サラールと一緒に新たな大地を踏みしめるのだ。

ただひとつ、気がかりはサラールに御徴が現れるかどうかだったが、イシュクはそれも心配要らないと結論付けた。

「サラールが天井のイェクターを融解させたのなら、

御徴は現れないと思う。俺たちとは、逆の作用だ」

　もし、地上に踏み出したらイェクターは要らなくなる。古代の人々のように、火を使えばよいのだ。

　イシュクが力強い眼をした。

「こいつは、古代の人々とは違うやり方で過去を断ち切る。イェクターにも頼らないし、そのための泉にも頼らない生き方をすると思う」

　泉は、ゆっくりと枯渇に向かっている。二千年前の記録では、泉は常に鉱水を湛えていた。それがいつの間にか十年に一度の頻度になり、前回は十五年前だった。

　きっと、こうして少しずつ満水になる時期が遅くなるだろう。いつかあの小さな生き物が絶滅する日がくる。

　サラールが生まれたのは、その日のためなのかもしれないと思えた。我々の血に流れる特殊な能力も、それを維持するための泉も、なくても生きていけるようになるのだ。

　誇らしけれど、そうして未来に駆け出してしまうサラールの姿を想像すると切なくなる。

「ニルファ…？」

「なんでもないんだ…ただ、いつかそうやって、この子が巣立ってしまうのかと思うと……」

　小さな身体を抱きしめると、イシュクが苦笑した。

　赤ん坊ごとニルファを抱えてくれる。

「ばかだな……そんなのはずっと先のことだ」

　――イシュク……。

　夜風を遮ったイシュクの温もりが身体を包む。大切そうに背や頭を撫でる手に、ニルファは微笑んで身体を預けた。

「…そうだな」

　この先、いつかサラールが大人になってしまう日がくるだろうけれど、今はイシュクとサラールと三人で暮らすこの時間を大切に味わいたい。

夢にさえ見なかったほど、幸せな時間なのだから。

「さあ、戻ろう」

「ああ…」

これだけ熟睡してくれたら、ゆりかごに寝かせても大丈夫だろう。ニルファは守られるようにイシュクの腕に抱えられながら部屋に戻った。

月明かりを背に、イシュクがそっと扉を閉めた。

六千五百五十万年前の出来事である——。

あとがき

お読みいただきまして、ありがとうございました。

まず美しい主役二人を描いてくださった笠井《かさい》あゆみ先生に心からお礼を申し上げます。ぷくっと可愛いサラールに至っては、キャラデザから萌え萌えさせていただきました。本当に、お忙しい中ありがとうございました。

そして担当様にも、本当に深く感謝しております。ありがとうございます。

今回のお話はファンタジーです(笑)。ここから先はネタバレ要素が多いので、あとがきから読まれる方はご注意を。

磁石に釘とか鉄製のものをくっ付けると、一時的に磁石に磁力を持ちます（磁石に引っ張られて、電子のスピンする方向が揃う）。でも、釘の場合は、しばらくするとまた元の鉄に戻ってしまいます（引っ張る磁力がないので、電子がバラバラな方向に戻ってしまう）。皇帝は、磁石のようにそこにいるだけで、周囲の物質に影響を与えられるイメージです。

鉱水のモデルは、植物ホルモンの「ジベレリン」です。これを葡萄の房が若いうちに二度浸すと、不妊化して「種なしぶどう」になります。

６５５０万年前に何があったかというと、メキシコのユカタン半島沖に、巨大な隕石が落ちたらしいのです。運の悪いことに、地上に13％くらいしかないという、煤の多い地層に当たってしまったために、大量の煤が舞い上がり、空を覆いました。そして長い間陽射しが遮られ、地上が寒冷化したと言われています。恐竜をはじめ、その当時繁栄していた八割以上の生き物が絶滅したらしいです。でも、もちろんこの話はファンタジーなので、その辺はゆるく見逃してください（笑）。ちなみに、恐竜は絶滅したというより、鳥類に進化したようです。

　主役の二人はバリキャリ共働き夫婦みたいですが、いつもより男らしい（？）受が書けて、楽しかったです。オメガバースは一度やってみたかったのですが、ちょっと定義から外れてしまったので、出産ものということになるのでしょうかね。

　あと、前回あとがきでアピールしたら、けっこう読んでくださる方が増えたので、もう一回宣伝させてください。商業誌の続きはすべて同人誌で出してます。同人誌は全部Amazonに電子版があります。よかったらこちらもぜひお手に取ってみてください。

　ご感想をいただけたら幸いです（ｗｅｂ経由でも大歓迎です。Twitterもやってます）。意外とメンタル弱めなので、いただく感想に支えられて生きてます（笑）。お待ちしております。

深月《みつき》　拝

LYNX ROMANCE 小説原稿募集

リンクスロマンスではオリジナル作品の原稿を随時募集いたします。

募集作品

リンクスロマンスの読者を対象にした商業誌未発表のオリジナル作品。
（商業誌未発表のオリジナル作品であれば、同人誌・サイト発表作も受付可）

募集要項

＜応募資格＞

年齢・性別・プロ・アマ問いません。

＜原稿枚数＞

４５文字 ×１７行（１枚）の縦書き原稿、２００枚以上２４０枚以内。
※印刷形式は自由。ただしＡ４用紙を使用のこと。
※手書き、感熱紙不可。
※原稿には必ずノンブル（通し番号）を入れてください。

＜応募上の注意＞

◆原稿の１枚目には、作品のタイトル、ペンネーム、住所、氏名、年齢、電話番号、メールアドレス、投稿（掲載）歴を添付してください。
◆２枚目には、作品のあらすじ（４００字～８００字程度）を添付してください。
◆未完の作品（続きものなど）、他誌との二重投稿作品は受付不可です。
◆原稿は返却いたしませんので、必要な方はコピー等の控えをお取りください。
◆１作品につき、ひとつの封筒でご応募ください。

＜採用のお知らせ＞

◆採用の場合のみ、原稿到着後６カ月以内に編集部よりご連絡いたします。
◆優れた作品は、リンクスロマンスより発行させていただきます。
原稿料は、当社既定の印税でのお支払いになります。
◆選考に関するお電話やメールでのお問い合わせはご遠慮ください。

宛先

〒151-0051
東京都渋谷区千駄ヶ谷４−９−７
株式会社　幻冬舎コミックス
「リンクスロマンス　小説原稿募集」係

この本を読んでの
ご意見・ご感想を
お寄せ下さい。

〒151-0051
東京都渋谷区千駄ヶ谷4-9-7
(株)幻冬舎コミックス　リンクス編集部
「深《み》月《つき》ハルカ先生」係／「笠《かさ》井《い》あゆみ先生」係

リンクス ロマンス

黄金の皇帝と白銀の皇妃の純愛

2020年9月30日　第1刷発行

著者……………深《み》月《つき》ハルカ
発行人…………石原正康
発行元…………株式会社　幻冬舎コミックス
〒151-0051　東京都渋谷区千駄ヶ谷4-9-7
TEL 03-5411-6431（編集）
発売元…………株式会社　幻冬舎
〒151-0051　東京都渋谷区千駄ヶ谷4-9-7
TEL 03-5411-6222（営業）
振替00120-8-767643
印刷・製本所…株式会社　光邦
検印廃止

ISBN978-4-344-84700-2 C0293
Printed in Japan

幻冬舎コミックスホームページ　https://www.gentosha-comics.net